SchreibWerkstatt Gummersbach

OBERBERGISCHE FUNDSTÜCKE

Geschichten und Gedichte

Bibliografische Information der Deutschen Bibliothek
Die Deutsche Bibliothek verzeichnet diese Publikation in
der Deutschen Nationalbibliografie;
detaillierte bibliografische Daten sind im Internet über
http://dnb.ddb.de abrufbar.

Layout und Redaktion: !zeichen.seTzung, Uta Lösken,
                        Reichshof
Umschlaggestaltung: !zeichen.seTzung, Uta Lösken,
                        Reichshof
Herstellung und Verlag: Books on Demand GmbH,
                        Norderstedt

ISBN 9-783748-108399

Die wahre Entdeckungsreise besteht nicht darin, neue Landschaften zu suchen, sondern mit anderen Augen zu sehen.

Marcel Proust

SchreibWerkstatt Gummersbach
Oberbergische Fundstücke

Vorwort

Das Oberbergische Land, verwunschene Gegend in den Hügeln zwischen Marienheide, Gummersbach und Waldbröl. Wenn frühmorgens nur langsam die Nebel abziehen, kann man es spüren: das Geheimnisvolle. Ein Land der Geschichten.

Wir, die Autorinnen und Autoren der SchreibWerkstatt Gummersbach, sind losgezogen, die versteckten, die mysteriösen, die skurrilen Orte und Geschehnisse dieses Landstrichs zu ergründen. Und waren überrascht, was sich da alles entdecken ließ.

So präsentieren wir Ihnen in diesem Band unsere „Oberbergischen Fundstücke". Kommen Sie mit uns auf eine Reise durch das unbekannte Oberberg.

Unsere Tour führt Sie von der verborgenen Liebesinsel bei Krummenohl in die Welt der Hindu in Gummersbach. Durch die Silberkuhle begleiten wir die Händlerin Hilda. Weiter geht es über Marienheide nach Bergneustadt, wo wir ein Mahnmal ausfindig machen. Lernen Sie Alpe im Alpetal kennen, so, wie es früher war. Gemeinsam landen wir dann in Bielstein, wo sich ein Geheimtipp in Sachen Körperertüchtigung findet. In Nümbrecht gehen wir mit einem früheren Dorfpolizisten auf Streife. Wir erzittern, wenn am Spreitgener Hexenweiher Unheimliches geschieht. Im EIAB Waldbröl spüren wir den Geschichten der „Heilenden Herzen" nach und lassen uns ein auf Gedichte, die vom buddhistischen Glauben beeinflusst sind. Um dann, ganz weltlich, mitzuerleben, wie das Panarbora zur Klärung einer Beziehung beiträgt.

Dieses und vieles mehr haben wir erkundet.

Vielleicht können wir Sie, liebe Leserinnen und Leser, inspirieren, diese Orte auch für sich zu erobern. Oder Sie finden neue, ebenfalls unbekannte Ecken, die Sie der oberbergischen Landkarte noch hinzufügen mögen. Sagen Sie es uns weiter. Wir sind gespannt ...

Andrea Niehr für die SchreibWerkstatt Gummersbach

Monica Buchfeld

Hilda

Der Weg hinauf zur Silberkuhle erscheint ihr von Jahr
zu Jahr länger und steiler. Schweratmend nimmt sie
die Kiepe vom Rücken. Lehnt sie behutsam an den
umgestürzten Stamm einer Hainbuche. Nimmt selber
darauf Platz. Sie muss ein wenig ausruhen, bevor sie
ihren Weg nach Lützighaus fortsetzt.

Der angenehm erdige Geruch nach Pfifferlingen weht
vom Wald herüber – es wird Herbst und die Zeit
drängt. Sie darf ihre Entscheidung nicht länger hinaus-
schieben …

Der Vorfall am Morgen auf dem Hof der Kleibauers –
sie spürt, wie sich die Haare im Nacken und an den
Armen erneut aufrichten – steht ihr deutlich vor
Augen.

„Hau ab!", hatte der Jungbauer gebrüllt und drohend
die Faust gereckt. „Lässt du dich hier noch ein Mal
blicken, hetze ich dir die Hunde nach!" „Aber Junge",
die nörgelnde Stimme seiner Mutter war kaum zu verstehen. „Wer versorgt uns denn dann mit dem Nötig-
sten?" „Misch dich nicht ein!", war das Letzte, was
Hilda hörte, bevor sie auf dem Absatz umdrehte.

Wieder ein Hof weniger! Der Zehnte in diesem Jahr.
Da half es auch nicht, dass ihr die Kleibauersche bis
zur Abzweigung nach Birnbaum hoch hinterhergelau-
fen kam, um in aller Hast ihre Bestellung vom Früh-

jahr entgegenzunehmen und zu bezahlen. Großzügig zu bezahlen. Dabei hatte sie – obwohl keine Menschenseele in der Nähe war – geflüstert: „Wenn Ihr das nächste Mal in der Gegend seid, lasst die üblichen Sachen für mich bei Heusers Kathi, in Nochen. Die ist verwandt, wird mir's auslegen und ungesehen zukommen lassen!"

Ungesehen zukommen lassen! Die Alte schnaubt angewidert. Seit drei Generationen haben sie hier in der Gegend ihre Waren von Haus zu Haus getragen. Sie kennt die meisten Bewohner von Kindheit an. Und jetzt soll sie mit Hunden gejagt werden und nur noch verstohlen ihrer Arbeit nachgehen?!

Was wohl der Vater dazu sagen würde und erst der Großvater? Angesehen waren die! Ehrbar und anständig! Hatten den Leuten die Ware niemals aufgedrängt, sondern sich bemüht, auch noch die verstiegensten Wünsche zu erfüllen. Im kommenden Jahr wollte sie ihre Enkeltochter mit auf die verschiedenen Touren durchs Bergische nehmen, sie entsprechend anlernen und ihr die Wege weisen … Doch kann sie das noch ruhigen Gewissens tun? Sind nicht die Vorfälle der letzten Zeit Warnung und Beweis, dass sie von ihren Plänen lassen muss?

Unzufrieden stapft sie mit dem Fuß auf. Der Hainbuchenstamm vibriert und die Kiepe rutscht mit einem ächzenden Geräusch kopfüber in das Wurzelloch.

„Teufel auch!" Das hat ihr gerade noch gefehlt! Hoffentlich ist nichts zerbrochen oder gar ausgelaufen!

Verärgert hebt Hilda den Korb herauf und beginnt

besorgt den Inhalt auszupacken. Die Halbedelsteine sind aus ihrem Behältnis gerutscht:

Hyazinth, der Kraft verleiht und Traurigkeit vertreibt; Achat, gegen Blitz, Zauberei und Gift; Amethyst, zum Schutz vor Trunkenheit; Malachit und Sardonyx als Amulette gegen den bösen Blick; Karneol, Jaspis und Chalzedon vertreiben Schwermut und Fieber; Chrysolith als Schutzstein vor Epilepsie; grüner Jaspis zur Magenstärkung; Lapislazuli, gegen Melancholie und Ohnmacht; zerriebener Beryll, zur Heilung von Lebererkrankungen; Türkis, Helfer bei Masern und Pocken; Granat, Onyx, Saphir als Mutmacher; Nephrit, bei Nierenleiden; Opal, für Herz und Augen ... schnell wieder einsortiert.

Doch was ist mit den Aphrodisiaka zur Steigerung der Lust bei Weib und Mann? Anis, Akelei, Beifuß, Knabenkraut, Muskatnuss, Liebstöckel, wildes Geißblatt? Die Finger der Alten tasten behutsam jeden Beutel ab – nichts davon ist aufgeplatzt oder gar verdorben!

Die Tinkturenfläschchen? – Dem Himmel sei Dank, alle unbeschädigt! Nicht auszudenken, welchen Schaden das Auslaufen dieser Mixturen angerichtet hätte.

Die Rindenbehälter zum Aufbewahren des Bärenfettes und des Sonnentaukrautes sind ein wenig gestaucht, doch mit leichtem Druck wieder in ihre ursprüngliche Form zu bringen.

Wenn sie schon dabei ist, kann sie den Korb gleich so befüllen, dass die nächsten Bestellungen zuoberst liegen ...

Für wen ist das Bärenfett? – Ach ja, der alte Vogt in Lützighaus will damit sein nachlassendes Gedächtnis unterstützen und mit der Paste aus zerstoßenen Blutegeln seinen Haarwuchs fördern. Hilda schüttelt sich und hat zugleich die mahnende Stimme des Vaters im Ohr: „Lass dir niemals anmerken, was du von den Bestellungen hältst. Hörst du! Niemals!" *„Ja, Vater."* Das Sonnentaukraut als Mittel gegen Teufel, Hexen und Dämonen ist gleich drei Mal im selben Ort angefordert.

Ja, ja, die Leute rennen jeden Sonntag pflichtschuldigst in die Kirche, aber auf die altbewährten Mittel zum Schutz und Abwehrzauber möchte niemand verzichten. Allerdings nur noch im Geheimen. „Wo kein Aberglaube, da ist auch kein Glaube!", hört sie den Großvater sagen. Früher hatten sich die Menschen vor allem Übernatürlichen und Dämonenhaften gefürchtet. Heute vor dem Göttlichen Gericht und Fegefeuer. Doch Furcht bleibt Furcht, und Glaube Glaube …

Dumme Thuse! rügt Hilda sich. *Sitzt herum und sinnierst – hast du nichts Besseres zu tun?!*

Hier – das Amulett aus Eberwurz und Baldrian in rotem Wachs hatte sich Neuhofs Karl aus der Wasserfuhr bestellt. Die Alte brummt amüsiert, so hässlich wie er ist, würden ihm selbst alle Amulette der Welt nicht den erhofften Erfolg bei den Mädchen bringen.

In der Wasserfuhr musst du deinen Vorrat an Quellwasser aus dem ,Hillijen Bonnen' auffüllen! denkt sie zerstreut. Dieses Wasser ist wichtige Grundlage für viele ihrer eigenen Mixturen aus heimischen Kräutern, von Frühjahr bis Spätherbst gesammelt, getrocknet, zerrieben und aufgesetzt.

Das Auge des Wiesels im Amulett gegen den bösen Blick kann sie zuunterst in den Korb legen. Genauso wie die Alraunwurzel zur Empfängnisförderung – die sind erst in Müllenbach erwünscht.

Doch wo ist der Katerhoden im Mauleselledersack zur Empfängnisverhütung? Diese außergewöhnliche Bestellung aus Nieder Gummeroth hatte Hilda viel Lauferei und Zeit gekostet, ehe sie in Siegburg bei einem Händler fündig wurde. Sie kann die junge Bäuerin gut verstehen: vier Schwangerschaften in dreieinhalb Jahren ... das ist selbst für eine gesunde Frau Anfang zwanzig zu kräftezehrend!

Aufatmend entdeckt sie den hellgrauen Beutel im Wurzelloch der Buche. Bei der Übergabe wird sie sich ihren guten Rat, dem potenten Ehemann abends etwas Schlafmohn in sein Warmbier zu mischen, wohl verkneifen müssen. Früher hätte ihr das niemand verübelt, aber heutzutage ...

Sollte sie die Salbe aus Eberhirn und Fett für den schießwütigen Narren aus Herzhagen überhaupt noch ausliefern? Im Frühjahr schon hatte er Hilda boshaft unterstellt, ihre Ware würde von Mal zu Mal schlechter. Ist es etwa ihre Schuld, wenn er nicht richtig trifft? Stattdessen sollte er die Finger vom Schwarzgebrannten lassen! Der beeinträchtigt nämlich Hirn und Treffsicherheit!

Ja, denkt sie, *mit dem gibt's den nächsten Ärger!* Schon bei ihrem Vater hatte er die Mixtur zum Einfetten seiner Waffen bestellt und darauf geschworen, dass sie der Grund für seine waidmännischen Erfolge sei. Jetzt, wo er alt und seine Augen immer schwächer wurden, suchte er Hilda und ihre Ware schlecht zu machen. Hatte sie bereits beim Pfarrer und den Nachbarn angeschwärzt.

Einen Großteil ihres Sortiments bilden die Stärkungsmittel für die männliche Geschlechtskraft. Die Mischung aus Hahnentritt, Eierschalenhaut, Eberwurz, Akeleiwurzel und Wachtelei – dem gut gehüteten Familienrezept – kann sie bei jeder Tour mindestens 20 Mal an den Mann bringen, doch auch hier ändert sich das Verhalten ihrer Kunden: früher wurde das Mittel ganz offen verlangt und die Umstehenden, die davon etwas mitbekamen, lachten gutmütig. Heute geschieht die Bestellung hinter vorgehaltener Hand und je weniger das Mittel zu helfen vermag, desto feindseliger werden die Käufer.

Ihr Vater konnte den Männern noch scherzhaft sagen: „Lass die Nudel hängen, zu mehr ist sie halt nicht mehr nütze." Und alle hätten gefeixt und genickt. Doch ihr, als Frau, ist dieser Rat schlecht möglich – wie soll das dann erst ihrer Enkelin gelingen?

Hilda seufzt: Der Aberglaube der Menschen hatte Großvater und Vater gute Geschäfte beschert. Damals schreckten die Leute selbst vor den abstoßendsten Mitteln nicht zurück: Dem Saft aus gepresstem Pferdemist und Branntwein, zur Bekämpfung ihrer Magenbeschwerden. Der Mischung aus Bocksgalle und Leinöl, Kaninchenhoden und Eberblut, der gelben

Wolle vom Hodensack eines Hammels gegen Geschwulste, Hämorrhoiden, Veitstanz. Reiherfett mit Taubenkot zur Behandlung von Gicht, Taubheit und Lähmungen. Das Öl von schwarzen Schnecken und Maikäferlarven gegen Rheuma oder eine Salbe aus Ohrenschmalz und Urin, die Impotenz zu heilen. Das alles hatte sie ohne Bedauern aus ihrem Angebot gestrichen.

Doch auf wieviel müsste sie noch verzichten, um nicht ins Gerede zu kommen? Die Kirche hat ein wachsames Auge auf Händler wie sie und predigt vom ‚Missglauben', wie sie ihn nennt. Und die neuen Doctores werden nicht müde, ihre Medicin anzupreisen.

Es wird Zeit! Sie setzt die Kiepe auf, rückt sie zurecht und schreitet los. Die Entscheidung ist gefallen.

Monica Buchfeld

siebter september
zweitausendsiebzehn

eine unverkennbar
taubstumme
südländische frau

die ihren begleiter bestürmt
ja ihn auf knien mit
gespenstischen lauten anfleht
irgendetwas

ihren pass
unterlagen
geld

herauszugeben

bis ich das auto geparkt habe
sind sie
verschwunden

und niemand
den ich frage

hat etwas gesehen
oder gehört

kann mir meine
selbstvorwürfe nehmen

:nicht aus dem kopf:

Monica Buchfeld

Zeit Punkt

Der Wagen fährt mehr als 150 km/h. Das erkennt sie
an den verschwimmenden Wildrosenbüschen. Dem
vorbeihuschenden Gelb der Goldrute. Dem Fahrtwind,
der aus dem geöffneten Fenster hinter ihm wummert.
Ihre Hände verkrampfen. Die Füße stemmen sich
fester gegen den Boden. Ihr Mund wird trocken …
Sie erinnert sich – an jenen ersten Albtraum, der sie
vor mehr als 40 Jahren auffahren ließ und in seine
tröstenden Arme trieb.
„Was denn mein Herz?", hatte er wieder und wieder
gefragt und ihr liebevoll über Rücken und Haar ge-
streichelt. „Beruhige dich! Ich bin bei dir!" Und später,
als das Zittern allmählich nachließ, einen Tee für sie
gekocht und zugehört.
„Da war ein weißes Auto in dem wir saßen … groß
und weiß. Und es fuhr schnell … sehr schnell! Plötzlich kam etwas silbern schimmerndes, schrecklich
Großes an meiner Seite näher und dann … dann …"
Wieder beginnt sie zu zittern. Das Erinnern ist
schrecklich – diese schwarze Stille, die dem grau-
samen Kreischen folgt – was will sie ihr sagen? Ist es
eine Warnung, eine Vision?
Er hatte ihr bei der Beantwortung dieser Fragen nicht
helfen können, doch alles Erdenkliche getan, sie zu
beruhigen. „Ich verspreche dir, wir werden nie ein

weißes Auto haben und niemals werde ich so schnell fahren, dass du dich fürchten musst!"

Irgendwann waren sie eng aneinander geschmiegt eingeschlafen ... Doch die Angst blieb und der Traum kehrte sporadisch wieder. Nahm ihr den Atem. Ließ sie panisch zurück. Beunruhigte sie bis ins Mark.

Seine Fürsorge blieb lange Zeit liebevoll und aufmerksam. Und er hielt Wort; kein weißes Auto, selbst als er sich angewöhnte, alle zwei Jahre einen Neuwagen anzuschaffen.

Wann, fragt sie sich zum wiederholten Mal, *wann haben wir einander verloren? Und wo?*

„Wir verkommen uns gegenseitig!", hatte einmal die alte Nachbarin von gegenüber geklagt. Und damals konnten sie beide noch über diese merkwürdig rumänisch-deutsche Ausdrucksweise lächeln.

Jetzt denkt sie: *Ja, ja! Es stimmt! Was ist geblieben von all unseren Gefühlen? Der Zuneigung? Dem unbedingten Vertrauen? Den Versprechen?*

War es tatsächlich sein Schnarchen, das ihn auf getrennten Schlafzimmern beharren ließ? Und nicht ihre Panikattacken nach dem immer gleich bleibenden Traum?

Mittlerweile reagiert er nicht einmal mehr, selbst wenn er gehört haben muss, dass sie schreiend aufwacht.

Nach und nach begann er, ihre Schilderungen ins Lächerliche zu ziehen: „Meine Güte, wir leben im Zeitalter der Anschnallpflicht!" oder „Bei dem großen silbrigen Etwas kann es sich nur um eine Boing 707 handeln! Und die hat weder Start- noch Landeerlaubnis auf deutschen Autobahnen ...“

Und dann – kaufte er den weißen BMW!

„Dieses Angebot konnte ich beim besten Willen nicht ausschlagen!“ war seine Antwort auf ihr fassungsloses Schweigen. Den stummen Vorwurf, der aus ihren Augen sprach. „ Das ist jetzt so lange her – und nichts ist passiert! Du solltest wirklich mal einen fähigen Psychiater aufsuchen!“

An diesem Sonntag will sie nicht mit ins Sauerland, ihre hochbetagte Schwiegermutter besuchen. Der Wetterbericht hat ein kräftiges Sommerhoch vorhergesagt und sie hasst Klimaanlagen.

Sie will nicht in dieses weiße, große Auto steigen, auch wenn der Traum sie seit Wochen verschont. Will nicht – und fährt dennoch mit ...

Und nun diese Fahrt zurück auf der A4. Sie neigt den Kopf ein wenig zur Seite, um auf den Tacho zu schauen.

„Meine Güte!“ Seine Stimme wird laut. Nicht nur um den Fahrtwind zu übertönen. „Der Wagen fährt spielend 250! Ich fahre seit 45 Jahren unfallfrei! Lass mir doch die Freude ... Nur noch ein kurzes Stück!“

Sie nickt resigniert. In Gummersbach müssen sie abbiegen ... nur noch ein kurzes Stück!

Hält die Augen geschlossen. Wird von abruptem Bremsen zuerst in den Sicherheitsgurt und dann in den Sitz gedrückt.

Erkennt die verchromten Tanks des Milchlastzuges, der sie unaufhaltsam in die Leitplanke drückt. Schaut hinüber in das angstverzerrte Gesicht ihres Mannes.

Jetzt! denkt sie. Spürt weder Panik noch Schmerz.
Jetzt!

Karin Nagelschmidt

Kulturschock voll krass

„Jetzt ratet mal, was Lara aus Neuseeland mitgebracht hat." Jule guckt in die Runde. Wir sitzen zu dritt an einem der Tische vor dem Lokal. Otto, der verfettete Mops, zieht träge in Richtung Kaiserstraße, nachdem er eine Weile zwischen den Gästen herumgestreift ist. Ich sehe sein Hinterteil mit dem schaukelnden Gemächt und lasse mich tiefer in meinen Sessel sinken.

„Keine Ahnung, was denn?", fragt Susi.

Kunstpause. Jules Einfühlungsvermögen hat seine Grenzen – wieder mal merkt sie nicht, dass ihre Art, uns auf die Folter zu spannen, langsam langweilig wird. Sie kostet ihren Vorsprung aus, wirft uns nochmal einen eindringlichen Blick zu, zuerst Susi, danach mir. Dann endlich: „'Nen Maori."

„Echt jetzt?", fragt Susi. „Stehen die nicht unter Naturschutz?"

Wir lachen, auch Susi, die blondeste aller Blondinen, lacht mit. Dann gibt sie aber doch zu, diesen komischen Vogel mit dem langen Schnabel gemeint zu haben, der nicht mal fliegen könne, „der ärmste", und wieder lachen wir.

„Einen Kiwi meinst du", sagt Jule, und mit gespieltem Seufzer, „das ginge ja noch."

„Wieso?", sage ich. „Lass sie doch, wenn sie auf Eingeborene steht." „Ureinwohner", berichtigt Jule mich augenzwinkernd.

„Sind das auch Neger da unten?", fragt Susi.

„Um Gottes Willen, das N-Wort", ruft Jule aus, wobei sie die Stimme und den erzürnten Gesichtsausdruck von Müller parodiert, der uns sechs Jahre lang mit politisch korrektem Geschichtsunterricht traktiert hat. Wir prusten los und jetzt kommt Jule so richtig in Schwung: „Meine lieben Schülerinnen und Schüler! Heute lernen wir etwas über die Ureinwohnerinnen und Ureinwohner in einem weit entfernten Land. Es ist das Land, in dem unsere Gegenfüßler zuhause sind und es heißt Neuseeland. Dieses wunderschöne Fleckchen Erde im Südpazifik wurde vor – ehm, sagen wir vielen, vielen Jahren von englischen Seeleuten entdeckt. Sie ankerten in einer von dichtem Urwald gesäumten Bucht. Doch sie blieben nicht lange allein. In atemberaubendem Tempo stießen muskelstrotzende Dunkelhäutige unter den markigen Kommandos eines Steuermanns ihre Paddel ins Wasser. Die verdutzten Seeleute in ihren Beibooten mussten erleben, dass Keulen aus Walknochen und grünem Jadestein auf ihre Häupter niedersausten. Sie ergriffen die Flucht. Erst viele Jahre später riskierte Kapitän Cook im Auftrag seiner Majestät, dieses Land wieder anzusteuern. Er war schlauer als seine Vorgänger, bemühte sich nach Kräften um einen zivilisierten Umgang mit den Maorinnen und Maori und legte so den Grundstein für Siedler aus Europa."

„Stopp doch mal!", ruft Susi. „Wie sehen die denn jetzt aus? So wie die in Schwarzen in Australien mit ihren Digeridoos?"

Für Susi zählt prinzipiell nur die Oberfläche: Haare, Haut und alle Möglichkeiten, sich optisch zu präsentieren. Ich weiß natürlich, wie Maori aussehen und dass sie mit den Aborigines in Australien nicht verwandt sind, aber ich hab' jetzt echt keine Lust auf eine Smartphone-Session mit Diskussion, ob Laras Maori wahrscheinlich ziemlich hässlich ist oder eigentlich vielleicht ganz süß aussehen könnte. Deshalb sage ich nur: „Kannibalen".

„Wie jetzt? Du spinnst ja! Das ist doch gar nicht erlaubt!" Susis gezupfte Augenbrauen rücken näher an die Nasenwurzel heran.

„Jetzt nicht mehr", sage ich, „ aber früher …"

Ich unterbreche meine Ausführungen als mir auffällt, dass Jule, die mit dem Rücken zum Lokal sitzt, und zwischen Susi und mir auf den kleinen Platz an der Kreuzung Schützenstraße und Wilhelmstraße blickt, große Augen bekommt. „Dreht euch nicht um", raunt sie. „Da kommt der Menschenfresser."

Wie auf Kommando drehen wir uns um.

Dort hinten sind sie, die kleine Lara und der Mann, bei dem sie sich unterhakt. Er könnte unter jedem Arm eine Lara tragen. Sie steuern auf den Baum mit der Bank zu, als neben mir Susis Stimme in maximaler Lautstärke ertönt: „Laaaraaa!"

Beide bleiben stehen und schauen zu uns herüber. Sie sieht zu ihm hoch, redet auf ihn ein, bis er seinen Mund in die Breite zieht und nickt. Sie kommen auf uns zu. Mir ist bewusst, dass ich ihn anstarre und ich wette, Susi und Jule tun das auch in diesem Moment und mit ihnen alle Gäste des Lokals, denn sein milchkaffeebraunes Gesicht ist von der Stirn bis zum Kinn von einem Tattoo überzogen. Voll krass. Beide Gesichtshälften sind haargenau gleich tätowiert. Über die kräftige Nase ziehen sich zwei längliche fischähnliche Motive und die Nasenflügel sind mit Spiralen bedeckt, die sich in größerer Variante auf den Wangen wiederholen. Der Kiefer mit Lippen und Kinn trägt ein Ornament, das ihn heraustreten lässt wie bei einem wilden Tier, das sich bereithält, im rechten Moment sein Opfer anzuspringen. Von den Augenbrauen ziehen sich vier mal vier geschwungene Linienstränge bis zum Haaransatz, wodurch die Bedrohung noch dynamischer wirkt. Das Augenpaar unter den Brauen starrt zurück. Ich muss zwinkern. Er nicht. Seine schmalen Augen mit den schwarzen Pupillen sind die eines Raubtiers.

„Das ist Tangaroa, mein Mann", sagt Lara. „Wir haben geheiratet. In Nelson."

„Toll, meinen Glückwunsch?", sagt Jule zaghaft.

Das Raubtier muss mindestens zehn Jahre älter sein als Lara. Unter der Tätowierung erkenne ich deutlich erste Falten. Ich höre, wie sie sich auf den freien Stuhl an unserem Tisch setzt und anfängt, sich in aller Ruhe über ihr Gap Year auszulassen, wobei sie das Raubtier einfach stehen und mich von oben herab anglotzen lässt, während ich mit allem rechne. Und plötzlich regt es sich, spannt seinen Körper, der noch größer und breiter wird, reißt seinen Mund auf und streckt, begleitet von einem lauten rauchigen Fauchen, seine Zunge heraus.

„Das macht er immer, wenn ihm jemand nicht geheuer ist", höre ich Lara sagen. „So schützt er sich vor bösen Dämonen."

Der Geräuschteppich vor dem Lokal, bestehend aus Besteck auf Porzellan, Glas auf Metall, menschlichen Stimmen und den Schritten des Kellners, ist in sich zusammengefallen. Allein das asthmatische Atmen des dicken Otto, der von seinem Ausflug heimkehrt und das sanfte rhythmische Klopfen seiner Pfoten auf Stein, ist zu hören.

Susi fängt sich als erste: „Und wann geht ihr zurück in Tangaroas Heimat?" Endlich gelingt es mir, meine Augen von der rosa Zunge im dunklen Gesicht loszureißen und mich Lara zuzuwenden.

Sie lächelt, steht auf, geht auf das Raubtier zu und legt ihren Arm um seine Hüfte. „Wir bleiben hier", sagt sie, und so etwas wie Heiterkeit schwingt in ihrer Stimme mit.

Das Raubtier fährt seine Zunge ein, räuspert sich und atmet tief durch. Alle, auch Otto, der sich auf sein Hinterteil niedergelassen hat, wenden ihre Aufmerksamkeit dem Fremden zu. Otto knurrt.

Hinter mir sagt jemand mit gedämpfter Stimme: „Der Typ wär' der Hit für jeden Zirkus."

Ich drehe mich um und denke: „Schade dass der Wilde kein Deutsch versteht, sonst würde er sich den Zwerg jetzt vorknöpfen."

„Luuuna", tönt es nun über den kleinen Platz beim

Lokal, vor dem ein paar Leute stehen geblieben sind, um sich die bizarre Szene nicht entgehen zu lassen.

„Gib uns das volle Programm, Mann!", ruft einer der Umstehenden. Das Raubtier schenkt ihm einen Blick aus rollenden Augen und grinst.

„Luna steh!", ruft die rauchige Frauenstimme. Die kleine Terrierhündin schert sich nicht um den Befehl ihres Frauchens, einer zierlichen Siebzigerin mit violetter Strähne im roten Haar, sondern läuft geradewegs auf Otto zu. Der ist hin- und hergerissen zwischen fremder Bedrohung und bekannter Verlockung, entscheidet sich aber nach kurzem inneren Kampf für letzteres.

Lunas Besitzerin verhält ihren Schritt. „Jetzt bin ich aber ... Ich hab' Sie doch diese Woche in der Aktuellen Stunde ... Sie sind doch dieser Professor für ... für Völkerkunde ..."

Der Professor nickt der Frau zu. „Kulturgeschichte der Völker Australiens und Ozeaniens", sagt er mit englischem Akzent. Dann gleitet sein Blick langsam über die anderen. „Danke allerseits für den herzlichen Empfang. Die nächste Runde geht auf mich."

Karin Nagelschmidt

Om Sharavana-bhavaya Namaya

Verehrt seist Du, Murugan, der uns behütet, wo auch immer wir sind auf dieser Welt. Unser Tempel trägt Deinen Namen. Du bist der Sohn Shivas, des Zerstörers, der uns den Weg für Veränderung und Neues ebnet. Du bist der Bruder des elefantenköpfigen Ganesha, dem Gott der Buchstaben, dem Schutzherrn der Wissenschaften und der Poesie, mit dessen Hilfe wir Hindernisse aller Art bezwingen können. Wir danken Dir, Murugan, dass Du uns auch hier Deinen Schutz gewährst, an diesem Ort, wo früher Arbeiter an Maschinen standen, wo jetzt unsere Götter in ihren Schreinen wohnen, und wo mit Erlaubnis der Baubehörde und Ganeshas Beistand schon bald ein Turm unseren Tempel zieren wird als sichtbares Zeichen unseres Glaubens.

Unsere Gemeinde ist gewachsen, seit wir als die ersten vor dreieinhalb Jahrzehnten hierher kamen, viele unserer Kinder sind nun selbst Eltern. Gut, dass auch sie Tamil sprechen, unsere heimische Sprache, die uns mit den Wurzeln in Sri Lanka verbindet. Sechsundzwanzig lange Jahre dauerte der Bürgerkrieg – Verwandte und Freunde sind weit verstreut in Europa. Wir haben uns daran gewöhnt. Wenn wir nun die Orte unserer Kindheit und Jugend besuchen, über Colombo nach Jaffna oder Trincomalee reisen, sitzen wir im Flugzeug neben gut situierten Touristen, denn der Friede kurbelt die Reiselust an und treibt die Preise in luftige Höhen.

Und wir? Die damals ihre Heimat verließen, um nicht von Regierungstruppen verschleppt oder den Kämpfern der Tamil Tigers rekrutiert zu werden? Um Bomben, Minen und Erschießungen zu entkommen? Wir haben uns schweren Herzens entschieden, unser altes Leben zurückzulassen und mit Murugans Hilfe in einer kleinen deutschen Stadt inmitten bewaldeter Hügel ein neues zu beginnen.

Wir zogen uns warm an, erklärten immer wieder, dass wir keine Terroristen waren. Freuten uns über jede Hilfe von Bürgern der Stadt, auch wenn sie mit der Hoffnung verknüpft war, uns zu missionieren. Tatsächlich sind ein paar von uns zum christlichen Glauben konvertiert. Im Hinduismus ist man frei zu gehen – und zurückzukommen.

Seit neun Jahren nun ist der Bürgerkrieg vorbei. Offiziell herrscht wieder Frieden in Sri Lanka. Immerhin hat Präsident Sirisena versprochen, die Kriegsverbrechen endlich ans Licht zu bringen. Wir könnten also zurückgehen, aber die meisten werden wohl bleiben. Unsere Töchter und Söhne sind hier zur Schule gegangen, haben an hiesigen Universitäten studiert, bekleiden gute Positionen im Beruf. Sie fühlen sich als deutsche Tamilen. Ja, wir können sagen, der Spagat zwischen Integration und dem Erhalt unserer Tradition ist geglückt. Murugan hat unsere Gebete um das Wohl der Gemeinschaft erhört. Jedes Jahr im Sommer feiern wir zehn Tage lang ein großes Fest für ihn mit einer Thiruvizha-Prozession durch die Straßen. Und alle sind dabei.

„Adya", ruft Malika, springt auf die Füße, läuft der älteren Schwester entgegen, legt die Hände um deren Nacken, hüpft hoch und schwingt auch noch die Beine um Adyas Hüften.

„Hilfe, du reißt mich ja um", sagt Adya, während sie fest zupackt und sich mit Malika um die eigene Achse dreht wie ein Derwisch, bis den beiden schwindlig wird und sie lachend auf den Teppich sinken.

„Ich hab auf dich gewartet", sagt die Jüngere, während die Wände des Zimmers langsam zur Ruhe kommen. „Die anderen sind schon im Tempel, du wolltest doch diesmal pünktlich sein."

„Ist ja gut", sagt Adya, „ich bin zu spät losgefahren. Können wir nicht einfach hierbleiben?"

„Jetzt komm, alle warten auf dich. Dein wertes Erscheinen ist angekündigt. Du bist die Attraktion des Tages."

„Okay, aber wir gehen zu Fuß. Das Auto bleibt hier."

„Dann ist ja die halbe Zeremonie vorbei, wenn wir ankommen."

„Macht doch nichts, so können wir wenigstens noch quatschen."

„Wie geht's dir denn, kleine Blume?", fragt Adya, als sie die Straße ins Tal hinunter gehen. „Tut mir leid, dass ich bei deiner Abi-Feier nicht dabei sein konnte."

„Weiß ich, hast du mir schon gesagt."

„So schlimm?"

„Du warst die einzige, die gefehlt hat. Manchmal denk ich, wir sind dir egal." „Nein", sagt Adya ernst, „ihr seid mir nicht egal und du schon gar nicht. Aber Berlin Gummersbach ist nun mal 'ne Strecke …"

„Ja, und genau deswegen studierst du in Berlin und nicht in Köln oder Bonn oder Düsseldorf."

Adya wirft einen prüfenden Blick in Malikas Gesicht. „Da ist was dran", sagt sie. „Aber nicht, weil ihr mir egal wärt, sondern weil ich mich nicht danach richten will, was die Leute reden."

„Was sollen die schon reden?"

„Ach, die finden doch immer was." Adya kickt einen Stein vor sich her, bis er vom Fußweg abkommt und im Gully verschwindet.

„Quatsch doch nicht", sagt Malika, „dir geht's doch um was ganz anderes. Du willst dich ausleben. Mal hier probieren, mal da, mal das Studienfach wechseln ohne dass es auffällt, mal diesen mal jenen Freund mit nach Hause nehmen, ohne dass Amma und Appa was davon erfahren …"

„Und? Was wär so schlimm daran, die eigenen Ziele und Träume wahr machen zu wollen?"

„Nichts", gibt Malika zu. „Erzähl mal, wovon träumst du?"

Adya bleibt stehen. „Von Freiheit."

„Geht's noch etwas abstrakter?", fragt Malika. Adya lächelt. Ihre kleine Schwester ist offenbar groß geworden.

„Okay, also erstmal will ich über meine Zeit selbst

bestimmen. Kannst du doch verstehen, oder, dass ich Zeit haben will, wofür mein Herz brennt?"

Malika sieht sie mit großen Augen an. „Und wofür brennt dein Herz?", fragt sie erwartungsvoll.

Adya seufzt. „Das muss ich erstmal rausfinden. Auch dafür braucht man Zeit." Nun spricht sie leise und eindringlich. „Vielleicht will ich ja gar nicht Ärztin werden. Vielleicht will ich in Flip Flops am Strand heiraten und zwar den Mann, den ich mir ganz allein ausgesucht hab."

„Alles klar, die Romantikschiene", sagt Malika enttäuscht. „Ich hatte mit 'ner spannenderen Enthüllung gerechnet. Suchen als Prinzip. Ist mal was ganz Neues …"

Adya setzt zu einer Antwort an, aber Malika schneidet ihr das Wort ab. „Ich würde jedenfalls meinen Mann nicht allein suchen wollen. Glaubst du nicht auch, dass die Eltern uns besser kennen als wir uns selbst?"

„Ja, ja, ich weiß", sagt Adya, „ein Drittel der Ehen in Deutschland geht in die Brüche und bei uns ist es gerade mal ein Prozent. Aber sagt das wirklich was über Glück aus?"

„Logisch! Wenn ich meinen Platz in der Welt kenne und ausfülle, hab ich doch trotzdem meine Persönlichkeit. Ich geb' mein bestes für die Familie und mich selbst. Das ist kein Entweder Oder, denn in der Gemeinschaft kommt es erst gar nicht zu diesen ganzen Illusionen und Größenphantasien, was vielleicht noch besser sein könnte als das, was ich bin und habe."

Adya schüttelt unwillig den Kopf. „Sag mal, Schwesterchen, bist du neunzehn oder neunzig? Willst du wirklich hierbleiben, arbeiten, beten, Kinder kriegen, Geld für die großen Feste mit allen Verwandten sparen, heute schon wissen, was du morgen tust?"

Malika wächst ein paar Zentimeter während sie tief Luft holt. „Heute weißt du nie, was du morgen tust. Und es stimmt auch nicht, dass nur Egoisten wie du ihrer Intuition folgen könnten. Wenn du deine Wurzeln ausreißen willst, okay, aber ich will meine behalten. Das, was du anscheinend vorhast, könnte ich Amma und Appa nie antun. Siehst du nicht, dass sie Angst haben, wir könnten unter die Räder kommen und hinterher mit 'nem Kind allein dasitzen?"

„Natürlich. Ich will auch nur, ich meine, ich kann gar nicht mehr..." „Triff dich doch wenigstens einmal mit dem Typen, den sie für dich im Visier haben. Vielleicht verliebst du dich ja in ihn. Du kannst immer noch nein sagen."

Die Schwestern setzen sich auf ein Mäuerchen, das einen Vorgarten begrenzt. „Das wäre nicht fair", sagt Adya.

„Wem gegenüber?"

„Na, allen, dem Typen und seinen Eltern und Amma und Appa ... Ich, äh, ich hab nämlich schon geheiratet ... Letzten Monat ... In Flip Flops am Strand." Sie sieht, wie die Hand ihrer Schwester zum Mund wandert.

Nach einer Pause fragt Malika: „Wie heißt er?"

„Fabian."

Malika atmet geräuschvoll aus. „Und was macht er?"

„Streetworker."

„Das ist nicht dein Ernst."

„Doch! Er hat Soziale Arbeit studiert, und ich weiß nicht, was daran so schlimm sein soll."

„Ist ja gut, aber du hättest trotzdem mit uns sprechen müssen." „Wozu?", ruft Adya, „wenn man schon weiß, was dabei rauskommt? Nichts an ihm und seiner Familie passt zu uns. Gar nichts."

Malikas Stimme übertönt den Straßenverkehr: „Warum musstest du ihn dann unbedingt heiraten, wenn er nicht zu uns passt? Ich versteh' dich nicht. Wie konntest du nur so grausam sein, den Eltern dein Vertrauen zu entziehen? Sie werden verletzt und beschämt sein, wenn sie das erfahren. Das kannst du nicht kitten."

Schweigend stehen sie auf und setzen ihren Weg fort. Nach einer Weile sagt Adya: „Ich brauch' deine Hilfe, kleine Blume."

Malika schüttelt resigniert den Kopf: „Mit deinem Verhalten hast du dich ganz klar gegen die Familie entschieden. Wie soll ich dir da noch helfen?"

„Fabians und mein Horoskop passen perfekt zusammen."

„Was denn, ihr wart beim Astrologen? Und was hat Fabian dazu gesagt?"

„Er fand's ganz witzig, interessant. Er meint, die Liebe zu einer Exotin sei der Schlüssel zum Verstehen uralter Traditionen. Er würde dir gefallen. Amma und Appa auch, das weiß ich. Er ist ein toller Mensch."

Adya holt ihr Handy aus der Tasche und hält Malika ein Foto unter die Nase, auf dem sie lachend Arm in

Arm mit einem dunkelblonden Hünen mit rötlichem Rauschebart zu sehen ist. Beide strecken ein Bein in die Luft. Die Gummisohlen ihrer Flip Flops erstrahlen türkis im Vordergrund des Bildes. Seine Sohle ist mindestens sieben Nummern größer als ihre.

„Barbarossa am Strand, alles klar", sagt Malika, „ist das euer Hochzeitsfoto?" „Ja, das gelungenste."

Malika verdreht die Augen. „Aha. Gibt's eventuell auch eins, auf dem deine Schultern bedeckt sind für Amma und Appa?"

Adya lässt ihren Zeigefinger über die Oberfläche des Touchscreens gleiten. Sie lächelt. Das Foto zeigt sie im Hochzeitssari. Der große schlanke Mann neben ihr trägt einen eleganten hellen Anzug. Sein Bart ist gestutzt. „Das könnte unser Outfit sein, falls..." Sie bricht ihren Satz ab, als sie in die Industriestraße einbiegen.

„Schau, die ersten sind schon draußen", sagt Malika und nimmt ihre große Schwester bei der Hand.

„Lass uns reingehen und mit Ganesha reden, vielleicht kann er das Schlimmste abwenden. Hast du wenigstens ein Opfer dabei?"

Adya nickt.

Ulrich Bienert

Die Liebesinsel

Seit vielen Jahrhunderten war die Linde auf der Aggerinsel bei Krummenohl ein geheimer Treffpunkt für
Liebespaare.

Was übrig blieb, kann heute durch einen Sperrzaun
betrachtet werden.

Der uralte Stamm teilt sich in drei Segmente. Viele
einzelne Äste ragen in die Luft. Im Sommer bilden die
herzförmigen Lindenblätter ein schützendes Dach aus
Laub. Die Blüten duften berauschend honigsüss.

Jeder Ast mit seinen Herzen erzählt viele Liebes-
geschichten, vor allem die von Adelheid und Johannes.

Adelheid stammte aus einer angesehenen Familie.

Ihre Eltern waren Kaufleute. Der Vater handelte mit
Wolle, Lederwaren und Heilkräutern. Die Mutter
kümmerte sich um die heranwachsende Adelheid; eine
Magd und ein Knecht um das große Anwesen.

Johannes war der Sohn einfacher Bauern.

Auf dem Hof gab es ein paar Hühner, eine Kuh, drei
Ziegen und einen Obst- und Gemüsegarten. Die Familie hatte alles, was zum Leben notwendig war.

Johannes musste im Sommer die Ziegen auf der
Aggerinsel hüten. Er „pöhlte" sie an und wandte sich
interessanten Dingen zu. Aus Haselnussruten und Laub
bastelte er ein Rad, das sich im Wasser drehte. Tag für
Tag verwirklichte er weitere Ideen.

Im Laufe der Zeit entstand eine faszinierende Maschinerie, die im Wasser klapperte und plätscherte und die Sonnenstrahlen brach.

An einem warmen Sommerabend fand Adelheid gedankenverloren den Weg auf die Insel.

Sie entdeckte erst das wundersame Werk und dann Johannes. Es war Liebe auf den ersten Blick.

Die Eltern verboten Adelheid den Umgang mit Johannes. Er war nicht standesgemäß. Die beiden sahen sich nicht mehr.

Zufällig trafen sie sich nach einigen Jahren auf der Insel wieder.

Als Zeichen ihrer Liebe pflanzten sie die Linde. Das sprach sich herum. Für Generationen wurde die Liebesinsel zum Treffpunkt für Paare. Viele Jahre später entstand ein Ausflugslokal.

Technologie siedelte sich im Laufe der Zeit an. Irgendwann musste die Liebesinsel einem Klärwerk weichen.

Ulrich Bienert

Himmlisches Naturschauspiel am Horizont

Feier:Abend
Heim:Fahrt
Stadt:Rand
Himmels:Zelt

Türkis leuchtende Atmosphäre
Graue Phantome mittendrin
Orangener Cumulus
Goldene Sonnenstrahlen

Rot brennt der Abendhimmel über dem
Oberbergischen Land

Ulrich Bienert

Mein Silbersee

Das vermutlich dreitausendste Mal fahre ich die Land-
straße hinauf zur Sperrmauer. Die Spritztour führt
durch ein bewaldetes Tal mit steilen Hanglagen. Ich
sause so schnell mit meinem Auto, dass die Bäume an
mir vorbeifliegen.
Für kurze Augenblicke sehe ich durch Baumlücken
terrassierte Felsen. Heute ist die Fahrt anders als ge-
wöhnlich. Abenteuerlust steigt in mir auf. Aus heite-
rem Himmel habe ich Interesse an diesem Felsgestein.
Auf dem Parkplatz am Staudamm stelle ich mein Auto
ab. Ich habe eine gute Aussicht in die Weite des Tals.
Auf der gegenüberliegenden Seite entdecke ich im
Gebüsch die ockerfarbenen Felsstrukturen. Da möchte
ich hin.
Ich steige hinab in die Schlucht und im Dickicht wieder hinauf. Das Vorwärtskommen im Steingeröll ist
mühsam. Die Mittagssonne brennt. Schweißtropfen
rinnen von der Stirn.
Nach einiger Zeit komme ich auf einen flach verlau-
fenden Trampelpfad, der durch einen schattigen Tan-
nenwald führt. Ein mannshoher, sechs-reihiger Sta-
cheldrahtzaum versperrt mir den Weg. Auf einem
weißen Schild steht mit schwarzer Schrift: Betreten
verboten.
Ich bin auf dem Land groß geworden und habe gelernt,

solche stachligen Hindernisse zu überwinden. Die zweite Drahtreihe ziehe ich mit meiner Hand nach oben. Die Spannung des Flitzebogens stütze ich mit einem passenden Stock ab. Die unterste Reihe senke ich ab und robbe durch die Öffnung.

Entlang des Weges ragt mir widerspenstiges Strauchwerk entgegen und muss beiseite gedrückt werden. Vor mir wird das grüne Buschwerk lichter. Die Sonnenstrahlen blinzeln durch die im Winde wehenden Blätter. Das Ende des Gestrüpps ist in Sichtweite.

Ich stehe auf dem großen Felsplateau und schaue in eine unberührte Natur.

Riesige Felsblöcke in unterschiedlichen Formationen und meterhohe Steinwände bilden die Landschaft. Sonne, blauer Himmel und die besondere Ausstrahlung der Umgebung lassen mein Herz höher schlagen.

Der silbrig schimmernde See ist in eine Felswanne eingebettet. Die schroffe Bergwand und die monumentalen Blöcke spiegeln sich inmitten wieder.

Ich steige hinab zum Ufer und lasse mich auf einem großen, warmen Felsen nieder. Mein magischer Ort der Ruhe, so nah am hektischen Treiben des Alltags.

Sibylle Jeske

Liebeserklärung an zwei demente Frauen

Die mir die Angst vor der Krankheit auf wunderbare und doch so einfache Art und Weise genommen ... durch ihr Beispiel.

Eine von vielen Pflegestellen im Bergischen Kreis – ins Fenster geschaut – oder ins Herz?

Viele Autos vor dem Haus, kompetente Fahrer helfen beim Aussteigen oder Hinausrollen des Rollstuhls, das Lachen einer älteren Frau ist zu hören, „wenn alle so nett und aufmerksam wären wie die Fahrer ...“

Am vorderen Fenster des Hauses ist die Küchenzeile zu sehen, dann der längliche, gedeckte Tisch, Büro rechts und last but not least der einladende, sonnige Raum, fast nur aus bodenlangen Glasfenstern bestehend, hier wird gemalt, Bingo gespielt, vorgelesen, Gedächtnistraining gemacht.

Und wie immer an Menschen interessierte oder gelangweilte, gestresste Helferinnen, und auf der anderen Seite, da sind Elli und Gerlinde. Sie kommen, genau wie ich, zur Tagespflege.

Sie wirken wie ein altes, eingespieltes Ehepaar, obwohl sie sich nicht privat kennengelernt, sondern nur durch die Tagespflege Bekanntschaft geschlossen haben.

Gerlinde ist kräftig gebaut, aber nicht dick. Sie hat eine laute, jedoch sehr angenehme Stimme, auch wenn sie böse wird (weil ihre innere Beteiligung immer zu spüren ist). Sehr schnell wird sie wütend, aber das geht in der Regel auch schnell wieder vorbei.

Hier ein Beispiel vom Mittagstisch: Eine Dame, in der Ausstrahlung fast das Gegenteil von Gerlinde, fühlt sich des Öfteren durch ihre Art gestört.

„Gerlinde, meine Güte, stopf doch nicht alles so in dich rein, da fällt dir ja gleich die Hälfte wieder raus", tönt es angewidert vier Sitzplätze von mir entfernt.

Ich stöhne, allerdings nur nach innen. Geht das schon wieder los, denke ich, diese ewige Kritik, immer in eine Richtung, gegen „mein Ehepaar"!

Sonst ist alles still, keiner sagt etwas. Auch vor diesem Satz war es mäuschenstill. Die Frauen lassen die Blicke schweifen oder schauen stumm vor sich auf den Teller, nur zwei der Frauen lächeln zurück, als ich sie anlächle, sonst passiert nichts, keinerlei Reaktion!

Doch jetzt geht's bei den Beiden richtig zur Sache.

„Ich kann reinstopfen so viel, wie ich will, und was ich will, es ist nämlich mein Mund und mein Essen. Halt du dich da gefälligst raus!"

„Also wirklich! Zuhause habe ich gelernt, dass man schweigend isst, beim Essen redet man nicht, man isst und mehr nicht!"

„Soso, na dann mach doch weiter so, aber behalt's für dich! Deine Eltern sitzen wohl mit am Tisch, was? Sonst kriegste noch Schläge! Fällt dir nichts Besseres ein, über das du reden kannst?"

„Jetzt ist es aber bald gut! Beim Essen redet man nicht, das hab ich so gelernt und daran halte ich mich."

„Herrgott noch mal, kannste nich aufhören mit dem Scheiß? Du hast doch damit angefangen und gibst ka Ruh. Du kannst mich mal, echt!"

„Also wirklich, sowas ..." Ich kann nicht anders, als mich einzumischen. „Aber Gerlinde hat doch Recht, warum sollten wir denn nicht beim Essen reden? Wie es zum Beispiel die Italiener mit Leidenschaft machen? Das ist doch viel gemütlicher! Schließlich sind wir nun wirklich alt genug, um zu entscheiden, ob wir die Dinge genauso sehen wie unsere Eltern. Man kann doch nicht alles einfach übernehmen, ohne es zu hinterfragen."

Ein anderes Mal befindet sich Elli dann in der Schusslinie, sonst alles wie gewohnt, Schweigen im Walde. Doch Gerlinde steht eindeutig öfter im Mittelpunkt.

Bei einem anderen Essen schreit sie, die plötzlich aufgesprungen ist, laut los: „Jetzt hab ich's aber gehört, hier redet ihr nicht hinter meinem Rücken über mich, dann ess ich nicht weiter. Ich gehe, wenn ihr nich sofort aufhört, über mich zu quatschen!"

Gerlinde droht mit der Faust und rennt auf die Ausgangstür zu. Nun greifen die Pflegekräfte ein. Sie muss wieder auf ihren Platz zurück, ihr wird gut zugeredet. Solche Szenen, in leichten Variationen natürlich, spielen sich des Öfteren ab.

Ich vermute, dass Gerlinde wirklich einen leichten Verfolgungswahn hat. Wegen ihrer Aggressivität mögen die Meisten sie nicht. Sie entspricht in keiner Weise dem üblichen Frauenbild, „draußen" nicht und dementsprechend hier erst recht nicht!

Eine Frau sollte auch heute noch verbindlich und nett sein, ja nicht laut werden und ihre Bedürfnisse unterdrücken, und das alles im Jahr 2018!

Vergeblich versuche ich, Gerlinde zu verteidigen, indem ich daran erinnere, dass sie immer ehrlich ist und sagt, was sie denkt, aber es hat keinen Zweck, Hinterfragen ist nicht in.

Es ist wie es scheint, und damit basta!

Als ich Gerlinde am Tag nach ihrer versuchten

„Flucht" auf diese anspreche, weiß sie nichts mehr davon. „Ich wollte weggehen? Warum denn?"
Ich erzähle es ihr, aber sie erinnert sich an nichts.

An meinen männlichen Besucher hatte sie sich auch nicht erinnert.
Es war einer der ersten schönen Tage, wir saßen fast alle draußen, um die Sonne zu genießen.
Gerlinde kam und fragte, ob sie sich zu uns auf die Bank setzen dürfe. Natürlich durfte sie! Dann wollte sie plötzlich nicht stören, kam aber nach zehn Minuten wieder: „Darf ich mich ein wenig zu euch setzen oder störe ich?"
An einem anderen Tag hörte ich zufällig, wie sie mit einer Bettlägerigen sprach.
„Du bist ja ganz kalt, du musst die Hände unter die Decke stecken, die sind ja wirklich eiskalt!"
Sie ist besorgt und fürsorglich, so etwas habe ich hier noch nie gesehen oder gehört. In diesem Ausmaß meine ich.
„Meine Güte, frierst du denn gar nicht? Soll ich dir noch ne Decke besorgen?" Beide Fragen werden verneint und so werden die kalten Hände zum Abschied noch liebevoll getätschelt!
Elli ist aus völlig anderem Holz geschnitzt. Sie besucht alle angebotenen Ereignisse, Kartenspiel, Gymnastik, Gedächtnistraining, Malerei, wobei sie ihre Ergebnisse meist herunterputzt.
Nie ist sie mit sich und ihren Werken zufrieden, ich „schimpfe" deshalb mit ihr, aus Spaß drohen wir uns mit verzerrten Gesichtern und erhobenen Fäusten, wir halten diese Position ziemlich lange, bis eine von uns anfängt zu lachen.
Elli redet viel, während Gerlinde sich nur mit wenigen

unterhält und mit angestrengtem Gesicht lieber zuhört. Aber für Elli ist sie immer da, langsam auch für mich.

Wir unterhalten uns oft, aber mein anrührendstes Gespräch hatte ich mit Elli.

Wir redeten über unsere Malerei und den tollen Lehrer. Als Elli abgeholt wird und gehen muss, dreht sie sich plötzlich noch einmal um, kommt die wenigen Schritte zurück und meint: „Und wundere dich übrigens nicht und sei mir auch nicht böse, aber wenn ich aus dieser Tür raus bin, dann habe ich vergessen, worüber wir gerade geredet haben und weiß deinen Namen schon nicht mehr."

Ich beteuere, dass es mir nichts ausmacht, denn ich mag ja sie, Elli, nicht deswegen, weil sie nichts vergisst, sondern weil sie so ist, wie sie eben ist.

Sie umarmt mich und verschwindet ganz schnell.

Ich sitze da und weine, gerührt und glücklich über das mir entgegengebrachte Vertrauen.

Ach, ich würde so gerne mit der Gruppe einen kleinen Film drehen oder drehen lassen, oder ein kleines Theaterstück, ich weiß ja aus Erfahrung, dass den beiden immer etwas einfällt.

Sie können zwar nichts wiederholen, weil sie alles wieder vergessen, aber sie sind wach und lebendig, können, ohne selbst etwas davon zu ahnen, improvisieren. Zum Beispiel singen beide sofort mit, wenn ich ein Lied anstimme. Bin zwar ein wenig jünger als sie, aber ich kenne ihre Lieder und schnulze los: „Steig in das Traumboot der Liebe, fahre mit mir nach Hawaii", „Meine Liebe, deine Liebe", und so weiter und so weiter ... Wir haben Spaß, die Anderen gucken zwar weiter stumm vor sich hin, aber Gerlinde und Elli haben solch eine Präsenz, solch eine starke Ausstrahlung, dass es eine Freude ist, ihnen zuschauen und zuhören zu dürfen.

Es wäre so wichtig, die ausdruckskräftigen Bilder zu präsentieren, anderen zugänglich zu machen! In der Malerei zeigt sich so viel, muss an Sammlungen der Bilder Schizophrener denken, warum sollte es mit den Bildern dementer Menschen anders sein? Diese würden dazu beitragen, uns besser zu verstehen, das Innere der Demenz zu zeigen, es würde jeder Seite helfen, weil die Malerei uns öffnet, ungewollt Lebensgeschichte erzählt, unser Wesen offenbart.

Eines Tages sind beide nicht da, keiner weiß etwas. Keine Ahnung, ob es stimmt oder vorgeschoben ist, aber ich vermisse sie, alle beide. Die anderen starren schweigend vor sich hin. Bin traurig. Wenn die Beiden nur wüssten, wie wichtig sie sind! Alles verändert sich, wenn sie fehlen, wird farbloser, ihre Lebendigkeit, ihr „In-sich-wohnen" ist durch nichts zu ersetzen. Hoffentlich sind sie bald wieder bei uns. Ein paar Tage später wissen wir es, weiß ich es. Gerlinde wollte nicht mehr kommen, hatte die Lust an der Gruppe verloren, und Elli ist nach einer plötzlichen OP im Krankenhaus verstorben. Ich bin fassungslos, wie schnell sich alles verändern kann im Leben. Elli ist einfach fort, es gibt sie nicht mehr. Ich hatte auch keine Ahnung bisher, wie ein einzelner Mensch eine ganze Gruppe verändern kann, die Atmosphäre, den Ton zwischen den Mitgliedern. Es ist eine andere Welt, kälter, anonymer, angepasster, ohne Charme, kein lautes Lachen lässt uns den Kopf in diese Richtung drehen, Körperkontakte sind weniger geworden.

Bin traurig, vermisse euch so, immerzu, immerzu. Sehe euch am Tisch sitzen, durch die Räume und über die Terrasse gehen, erschaffe euch vor meinem geistigen Auge, aber meine Vorstellung bleibt weit hinter der Wirklichkeit zurück.

Vermiss euch einfach, fühle, mein Leben hat weniger Qualität ohne euch, weniger Biss, weniger Frechheit und Direktheit.

Jedenfalls hatte ich das Glück, zwei wunderbare Frauen erleben zu dürfen, die trotz ihrer fortgeschrittenen Demenz sie waren. Ihr innerstes Wesen war geblieben, oder hatte sich sogar dadurch noch weiter entwickelt, noch verstärkt. Der sogenannte Überbau fiel fort, nur der Überbau, alles angelernte, von Eltern und Gesellschaft diktierte, das sogenannte Über-Ich, würden wir bei Freud jetzt lesen.

Über Gerlinde habe ich mehr nachgedacht, sie mehr beobachtet, weil sie diese stark ausgeprägte männliche Seite hat. Dadurch fällt sie mehr auf, ihr Durchsetzungsvermögen, ihr Mut, ihre Angriffshaltung, die sich nie gegen Schwächere wendet.

Ich habe viel gelernt, es war wie eine lange Reise, eine Reise ins Innerste, ich habe keine Angst mehr vor der Demenz, weil das Wirkliche, wie schon gesagt, bis zuletzt bleibt, das, was diesen Menschen ausmachte, ausmacht.

Was uns ausmacht, wer wir wirklich sind, scheint also übrigzubleiben, sehr tröstlich, finde ich, obwohl ... die letzte Phase, wenn nicht einmal mehr die Kindheit abrufbar ist, wenn wir gar nicht mehr wissen, wer wir oder wer die anderen sind, das ist schon etwas beängstigend, nein, nicht nur etwas ...

Aber diese Phase soll nicht so lang sein. Jedenfalls habe ich über uns Menschen viel gelernt, und das war diese Reise wert, darüber nachzudenken und dem Sprachlosen, dem oft Verschwiegenen einen Namen und Gestalt zu geben.

Danke, bis bald.

Auf Wiedersehen Elli, auf Wiedersehen Gerlinde!

Dorothee Hövel-Kleibrink

Spaziergang an der Lingese

Minus 14 Grad, Massen von glänzendem, pulvertrockenem Schnee und ein strahlend blauer Himmel. Ich ziehe meine dicken Wanderschuhe an, meine wärmste Jacke, Handschuhe, Mütze und mache mich auf den Weg hinunter zur Lingese Talsperre.

Ich bin nicht die einzige. Aus der Ferne sehe ich einige schwarze Gestalten vom Lambacher Campingplatz hinunter zum See stapfen. Die Straße zwischen Lambach und Wernscheid führt vor unserem Haus vorbei. Ich gehe rechts entlang und biege dann links auf einen kleinen Weg zwischen den Wiesen ab, der direkt zum See führt. Aufpassen, unter meinen Schuhen ist dickes, spiegelglattes Eis mit einer verschwindend dünnen Schneedecke darauf. Einen klaren Kopf bekommen, das will ich. Mal nicht an die jüngste Vergangenheit denken. So viel Krankheit und Trauer. So viel Sorge, Arbeit und Wut. Die eiskalte Luft schlägt unter dem Mützenrand auf meine Stirn. Das hilft.

Noch schöner wäre es, wenn ich allein sein könnte auf dem Weg. Vor mir geht eine Familie, vier Erwachsene mit Rauhaardackel und Kind auf einem Schlitten. Sie sprechen die ganze Zeit in zärtlichster Weise mit dem Dackel: „Ei, Susimausi, ja, ei, ist kalt heute, was? Jaaa, die armen Pfötchen! Aber Bewegung muss sein für das Susimausi, jaja, doch, das muss sein, ist gesund!" Das

Kind, vielleicht vier Jahre alt, sitzt mit tief ins Gesicht gezogener Mütze auf dem Schlitten, den die Mutter, ohne sich umzublicken, hinter sich her zieht. In seinen Händchen mit dicken Wollhandschuhen hält es eine luftig bekleidete Barbiepuppe. Trotz der Rutschgefahr entschließe ich mich, Susi und ihre Menschen zu überholen.

Bald bin ich außer Sicht- und Hörweite und am Lingeser See. Wie eine Märchenlandschaft liegt er dort, das gefrorene Wasser, die verschneiten Zweige und Äste über dem schmalen Weg am Ufer. Ich genieße das Knirschen unter meinen Schuhsohlen, die träumerische Landschaft, die kalte, klare Luft, die Stille. Plötzlich Geschrei und Gelächter.

Drei junge Leute, zwei Mädchen und ein junger Mann, haben sich eine Schlittschuhbahn auf dem See gemacht und rutschen nun jauchzend immer schneller darauf herum.

„Hey, komm her!", ruft der Junge einem der Mädchen zu. Sie nimmt Anlauf, schießt über das Eis geradewegs in seine Arme. Er fängt sie auf und schafft es gerade noch, nicht umzufallen. Beide lachen laut und kleine Eissplitter und Schneeflocken tanzen um sie herum.

„Hey, ich will auch!", ruft das andere Mädchen.

„Dann komm, los!", ruft der Junge zurück und das zweite Mädchen saust über das Eis in seine Arme. Sie hat sehr viel Schwung und diesmal fallen beide krachend und lachend auf das knirschende Eis über dem See.

„Das ist zu gefährlich", will ich rufen, „Los, kommt da

runter, das Eis kann brechen!" Ich halte mich zurück, die drei sind schließlich erwachsen genug. Und doch, sollte ich sie nicht warnen?

Das zweite Mädchen und der Junge erheben sich kichernd vom Eis, das erste Mädchen bewirft sie mit Schnee. „Kommt, wir wissen nicht, wie dick das Eis ist, lasst uns gehen!", sagt der junge Mann. Alle drei schütteln sich, als sie vom See auf den Spazierweg wechseln, und Schneeflocken und Eissplitter aus ihren Jacken und Mützen glänzen in der von Sonnenstrahlen durchbrochenen Luft.

„Eissplitter", denke ich. „Hm. Eissplittertorte. Eissplittertorte im Café Berges. Ja, das wäre etwas! Das wäre heute schön!" Ich beschließe umzukehren, nach Hause zurück zu gehen, Bernhard aus seinem Nachmittagsschläfchen zu wecken und dann zusammen nach Gummersbach zu fahren. Eissplittertorte! Gute Idee!

Kaum habe ich mich umgedreht, sehe ich schon die vier Menschen mit Hund und Kind auf dem Schlitten vor mir. Sie haben aufgeholt und sind jetzt mit mir auf gleicher Höhe. Und – kaum zu glauben – sie beschließen ebenfalls, umzukehren. So laufe ich jetzt wieder hinter ihnen her und höre ihren Gesprächen mit Susi zu.

„Ja, was hat denn die Susi da gerochen? War da etwa ein anderer Hund am Baum? Ach, ist so ein Spaziergang aufregend, nicht wahr?" Das Kind, das stumm hinterher gezogen wird, beschäftigt sich damit, die Barbiepuppe auszuziehen. Röckchen und Blüschen fliegen rechts und links vom Schlitten in den Schnee.

Dann folgt die Puppe selbst, sie bleibt nackt und kopfüber abgeknickt in einem Strauch hängen. Als wir wieder auf dem Weg zwischen den Wiesen ankommen, wirft das Kind nacheinander seine beiden Wollhandschuhe in den Schnee. Zum Schluss reißt es sich die Mütze vom Kopf und schmeißt sie mit einer heftigen Armbewegung auf das Eis neben dem Weg.

Ich spüre einen leisen Impuls, den Erwachsenen mitzuteilen, dass ihr Kind gerade dabei ist, seinen gesamten Besitzstand in der Gegend zu verstreuen. Der Impuls weicht dem Gedanken: Eine so große Tierliebe darf nicht gestört werden.

Auf der Straße angekommen, biegt die Gruppe nach links Richtung Lambach ab, ich gehe nach rechts Richtung Wernscheid. Aus dem Schornstein unseres alten Bauernhauses quillt Rauch. „Schön", denke ich. „Da drinnen ist Bernhard. Da drinnen ist es warm. Und gleich fahren wir ins Café, Eissplittertorte essen. Gute Idee!"

Dorothee Hövel-Kleibrink

Der Neujahrsmorgen

Am Morgen des ersten Januar – es ist schon viele, viele Jahre her – saß ich in der Stube unseres alten Fachwerk-Bauernhauses in Wernscheid auf dem Sofa und schaute zum Fenster hinaus. Die Wiesen und das Gärtchen waren tief verschneit, die Bäume bogen sich unter der weißen, in der strahlenden Morgensonne glänzenden Last. Die Straße vor dem Haus war menschenleer und durch das geöffnete Seitenfenster strömte kalte, saubere Luft in die Stube.

Mein Vater saß mir gegenüber am gedeckten Frühstückstisch, meine Mutter kam grade mit einer Kanne dampfenden, köstlich duftenden Kaffees ins Zimmer. Ich schloss das Fenster und meine Mutter setzte sich zu uns. Die sehr blauen Augen meines Vaters blitzten unternehmungslustig, wie immer. Er war ein Mensch, der viele Schicksalsschläge hatte verkraften müssen, doch sein großes Interesse am Weltgeschehen sowie an den kleinen alltäglichen Dingen ließen ihn auch viel Glück empfinden. Gerade jetzt gefielen ihm der strahlende Morgen, meine adrette Mutter, der Kaffeeduft und die Aussicht auf ein Schwarzbrot mit selbstgemachter schwarzer Johannisbeermarmelade und Schichtquark sehr, ich sah es ihm an.

Nachdem er sich eine Scheibe Schwarzbrot beladen hatte, sagte er: „Also, ich denke ja immer noch, dass die Erde innen gar nicht so viel flüssiges Magma hat, wie die Wissenschaftler glauben. Die Erdkruste muss viel dicker sein. Sonst würde die Erde doch eiern, wie ein Ei, das innen flüssiges Dotter hat. Meint ihr nicht auch?"

Ich spürte, wie sich eine leichte Gereiztheit in mir breitmachte. Ganz im Gegensatz zu meinem Vater bin ich ein ausgesprochener Morgenmuffel. Er hingegen war mit dem Aufstehen direkt hellwach. Andere beliebte Frühstücksthemen waren etwa Bismarck, Nazideutschland oder die aktuelle politische Entwicklung in Russland. Diese wurden stets in epischer Breite und intellektueller Tiefe abgehandelt. Insofern hatten wir heute mit dem „Erdkugel-Thema" noch Glück. Meine Laune besserte sich wieder.

„Wie die Erde von innen aussieht, weiß ich nicht", stellte meine Mutter fest und biss energisch in ihr Marmeladenbrötchen.

„Was meinst du denn, Doro? Hab ich nicht Recht?", wandte sich mein Vater an mich.

Ich überlegte noch an einer Antwort, als es plötzlich von draußen heftig ans Fenster klopfte. Erschrocken wandten wir unsere Köpfe um und sahen ein schmales, ältliches Gesicht unter einem grauen Hut, platt wie ein Pfannkuchen, das sich gegen die Fensterscheibe drückte. Nach einigen Sekunden erkannte ich Frau Bordt, eine Nachbarin. Meine Mutter sprang auf und öffnete das Fenster.

„Frau Bordt, was ist denn los?", fragte sie.

„Herr Hövel, Herr Hövel, Sie haben doch eine Pistole!", rief Frau Bordt ganz aufgeregt.

„Äh, ja", antwortete mein Vater. In der Tat besaß er eine Pistole, ganz ordentlich mit Waffenbesitzkarte, wie es sich gehörte. Wo mag die wohl gerade sein, fragte ich mich im Stillen. Unter dem Kopfkissen? Im Schrank, zwischen dem Geschirr?

„Sie müssen meine Katze totschießen, Herr Hövel!", rief Frau Bordt mit zitternder Stimme. „Bitte, holen Sie schnell Ihre Pistole!"

„Ihre Katze totschießen?" Mein Vater riss die blauen Augen auf und starrte sie mit leicht geöffnetem Mund an. Das war nun wirklich starker Tobak. Er war ein großer Tierfreund, und wenn er eine Tierart besonders liebte, so waren es Katzen. „Wie kommen Sie denn auf sowas?"

„Schauen Sie hier!" Frau Bordts Stimme war tränenerstickt. „Meine Katze hat einen Angelhaken verschluckt. Erlösen Sie sie von ihren Qualen!"

Jetzt erst bemerkten wir, dass sie in ihrer rechten Hand einen Korb hielt, aus dem, in eine graue Decke eingewickelt, ein Katzenköpfchen hervorlugte. Wie sie da so vor unserem Fenster im Schnee stand, mit dem grauen Pfannkuchenhut, dem langen, grauen Mantel, den schwarzen Wanderschuhen, in der rechten Hand den Korb mit der verletzten Katze, in der zitternden linken eine Zigarette, an der sie immer wieder hastig zog, bot sie einen sonderbaren Anblick an diesem Neujahrsmorgen.

„Kommen Sie herein", sagte meine Mutter. Ich ging zur Haustür und führte Frau Bordt in unsere Stube.

Inzwischen hatte mein Vater aus einer der Fenster-
nischen, die vollgestopft mit Handwerkszeug und anderen Utensilien waren, ein paar kräftige schwarze
Lederhandschuhe gefischt. Er stellte den Korb auf den
Tisch, griff sich die Katze, drückte sie mit dem linken
Arm und der linken Hand an sich und versuchte, ihr
mit der rechten Hand das Mäulchen, aus dem ein
Metallhaken hervorschaute, aufzudrücken. Gleichzeitig musste er den Krallen ausweichen, denn die Katze
zappelte und schrie um ihr Leben. „Aha!", rief er
schließlich. „Frau Bordt, schauen Sie sich das mal an!"
„Ne-ein, ich will nicht!", antwortete sie zähneklap-
pernd. Sie war auf einen Stuhl gesunken und hielt sich,
in Ermangelung ihrer Zigarette, die verloschen draußen im Schnee lag, mit letzter Kraft an der Tischkante
fest.

„Doch!", rief mein Vater. „Wir haben Dusel gehabt!"
Ich schaute ihm über die Schulter, in respektvollem
Abstand, denn die Katze war nun völlig in Panik. Da
sah ich, was er meinte: Das Tier hatte den Angelhaken
nicht hinuntergeschluckt. Er hatte sich im Mäulchen
durch die Oberlippe von innen nach außen gebohrt und
konnte wegen der Widerhaken nicht zurückgezogen
werden.

„Erika, ich brauche eine Zange!", sagte mein Vater.
Innerhalb einer Zehntelsekunde war meine Mutter mit
einer solchen zur Stelle. Es war nicht leicht, die Zange
an dem aus der Lippe ragenden Haken anzusetzen, die
Katze strampelte in Todesangst. Endlich gelang es
meinem Vater, mit einem kräftigen Druck kniff er den

Haken durch, der auf den Boden fiel, und er zog der Katze den Rest des Angelhakens vorsichtig aus dem Maul. Nun hatte sie begriffen, es war zu ihrem Besten. Für den Moment des Herausziehens hielt sie still, dann befreite sie sich mit lautem Fauchen und fliegenden Pfoten aus der Umklammerung und schneller, als wir gucken konnten, war sie auf der Fensterbank und zum Fenster hinaus. Wir konnten gerade noch erkennen, wie sie hinter unserem Bienenhäuschen im Gehölz verschwand.

Mein Vater trat ans Fenster und schaute ihr nach. Auf seinem Gesicht lag ein Ausdruck von Freude und Triumph, die Augen träumerisch auf den Horizont gerichtet. Meine Mutter, die zwischendurch hinausgegangen war, kam mit einer großen Kanne zurück in die Stube. „Frau Bordt, jetzt trinken Sie erstmal eine schöne Tasse Kaffee mit Milch und Zucker", sagte sie. „Frohes Neues Jahr!"

Dorothee Hövel-Kleibrink

Gärtchen in Wernscheid

hellgrünes
zartes Blattwerk
leise rauschendes Laub
singt in meinen Schlaf
so sanft

Uwe Vitz

Eine Diskussion zwischen Gläubigen

Sie treffen sich durch Zufall im Schauspielhaus Bergneustadt.
Der Atheist und der Moslem.
Beide sind gläubig.
Ja, auch ein Atheist kann gläubig sein.
Wenn er so fest an seinen Atheismus glaubt, dass er sich regelmäßig dazu bekennt, ist auch das eine Form des Glaubens.

Gut, das ist jetzt meine persönliche Meinung.
Ich selbst bin Agnostiker.
Mag sein, dass es Gott gibt, aber ganz sicher bin ich mir nicht.
Meine Meinung ist sowieso: Leben und leben lassen.

Ausnahmsweise schweige ich einmal.

Der Moslem: „Schau, wie viele Menschen glücklich und friedlich als Moslems zusammen leben und ein erfülltes Leben haben."

Der Atheist: „Glücklich, friedlich? Schiiten und Sunniten bekämpfen sich in vielen Ländern erbittert, andere Religionen werden unterdrückt, wo ist denn da das Glück?"

Der Moslem: „Viele einfache Menschen haben durch den Islam ein erfülltes Leben, es gibt Fehlentwicklungen, aber die gibt es auch bei den Christen."

Der Atheist: „Ha, weil die Mehrheit mitmacht, ist alles in Ordnung, was?"

Der Moslem: „Der Islam bringt den Menschen Frieden. Wenn es zum Krieg zwischen Moslems und anderen Religionen kam, waren meistens die anderen die Angreifer."

Der Atheist: „Schönrederei. Denk doch mal an den Völkermord der Türken an den Armeniern von 1915 bis 1917."

Der Moslem: „Das war kein Völkermord, das war Selbstverteidigung. Die Armenier haben einen Aufstand gegen das Osmanische Reich im Ersten Weltkrieg gemacht, da mussten die Osmanen eben durchgreifen. Frage doch einmal türkische Historiker."

Der Atheist: „Wieso nicht armenische?"

Der Moslem: „Die sind alle voreingenommen."

Der Atheist: „Selbsttäuschung, Schönrederei. Dieser Völkermord wurde von vielen neutralen Zeugen und glaubwürdigen Dokumenten belegt, aber er passt nicht in euer Selbstbild, also redet ihr Moslems euch dieses Verbrechen schön."

Der Moslem: „Ihr Atheisten habt Hitler, Stalin und Mao hervorgebracht, wie viele Millionen sind durch die denn verreckt?"

Der Atheist: „Das waren Ersatzgötzen, denen dumme Menschen eben nachlaufen. Der Hitler wurde allerdings von vielen verblendeten Christen unterstützt, die waren mindestens so mitverantwortlich wie wir Atheisten, die haben auch den Antisemitismus erst salonfähig gemacht."

Der Moslem: „Der Mensch braucht einen Glauben, um glücklich zu sein!"

Der Atheist: „Der Mensch braucht die Aufklärung, um selbstverantwortlich sein Leben zu führen!"

Der Moslem: „Im Mittelalter war die islamische Kultur der westlichen weit überlegen und die Grundlage dafür hat der Prophet Mohammed gelegt. Wie soll ihm dies möglich gewesen sein ohne die Führung Allahs?"

Der Atheist: „Im Mittelalter waren die moslemischen Piraten und Sklavenhändler ganz gewiss nicht als Menschenfreunde unterwegs."

Der Moslem: „Auch die Christen haben Seeräuberei

begangen und Menschen in Sklaverei verschleppt."

Der Atheist: „Stimmt, beide Seiten hatten wohl die Regel, dass sie keine Angehörigen ihrer eigenen Religion versklaven dürfen, aber alles andere war in Ordnung, da haben sie so richtig los gelegt. Zum Plündern, Rauben und Vergewaltigen waren sich damals Christen und Moslems nicht zu schade, da hat auch der liebe Gott nicht gestört."

Der Moslem: „Wenn irgendein Herrscher in irgendeinem abgelegenen Gebiet schreckliche Sachen machte, bekam das eben der Kalif nicht mit."

Der Atheist: „Abgelegene Gebiete? In ganz Europa und Nordafrika wurde offen mit Sklaven gehandelt. Der Kaiser des Heiligen Römischen Reiches, der Kalif und auch der Papst wussten ganz genau, was da ablief. Es hat sie nicht besonders gestört, sie haben daran mitverdient, die frommen, feinen Herren."

Der Moslem: „Du hast ein falsches, verzerrtes Weltbild. Manchmal müssen die Gläubigen hart sein, um Allahs Willen zu erfüllen."

Der Atheist: „Ach, jetzt geht die Schönrederei wieder los. Wenn andere Verbrechen begehen, sind sie ein Beweis dafür, wie böse die anderen sind und wie gut ihr seid. Aber wenn eure eigenen Leute Verbrechen begehen, dann ist es Allahs Wille! Ha, übernehmt die

Verantwortung für eure Verbrechen und werdet erwachsen."

Der Moslem: „Schau doch, all die Menschen, die Tiere, die Pflanzen, erkennst du denn da nicht Allahs Werk?"

Der Atheist: „Ich erkenne die Evolution. Zum Glück hat Darwin der Menschheit die Augen geöffnet."

Der Moslem: „All das ist Allahs Werk."

Der Atheist: „Bist du jetzt auch noch ein Kreationist?"

Der Moslem: „Nein, natürlich nicht."

Der Atheist: „Dann kann jeder es aus seinem Blickwinkel sehen, da wirst du mich nicht überzeugen können."

Der Moslem: „Sieh doch die Sterne, den Mond, die Sonne, all das ist Allahs Werk."

Der Atheist: „Das ist Astronomie, bisher hat niemand heraus gefunden, wer das Universum erschaffen hat. Weißt du es etwa?"

Beide geben sich große Mühe, den anderen zu überzeugen.

Natürlich vergeblich.

Aber immerhin, beide überzeugen sich selber.

Voller Eifer besprechen sie die gesamte Weltgeschichte, bis sie beim Urknall ankommen.

Dann entscheiden sie beide:

Ich habe recht und der andere müsste dies auf Grund der Logik meiner Argumente anerkennen.

Beide sehen jedoch auch, dass der andere zu unvernünftig ist, um dies zu begreifen.

So gehen beide zufrieden nach Hause und wissen ganz genau:

Ich habe recht!

Uwe Vitz

Das Hammer-Mahnmal

Hoch oben auf dem Beul hat der Hans Hammer in den
fünfziger Jahren ein Mahnmal gebaut.
Ein Mahnmal für seinen Sohn Harry.
Ein Mahnmal aus Grauwacke und einem Findling.

Der Harry war zwanzig, als er fiel.
Während des Krieges durften die Familien nicht richtig
um ihre Gefallenen trauern.
Man musste stolz trauern.
Und nach dem Krieg?

Am Anfang war es nur ein Stein.
Bald kamen andere Steine dazu.
Hans hatte sie im Drahtkorb gesammelt und sorgsam
aufgeschichtet.
Und so wuchs es.
Ein säulenähnlicher Stein bildete auf dem Gipfel des
Grauwackehügels schließlich den Abschluss.

Am Mahnmal war eine Metallplatte befestigt, auf der
unter anderem stand:
*„zum Gedenken an unsere Söhne, die sich an der Hei-
mat freuten, aber nicht in der Heimaterde ruhen."*
Hans widmete die Gedenkstätte der Jugend Bergneu-
stadts und der Jugend der Welt.

Viele Menschen haben das Erbe Hans Hammers fortgeführt.

Haben Blumen zum Mahnmal auf den Berg getragen und Steine für weitere Gefallene dazu gelegt.
Mehrere Male musste es neu aufgebaut werden, wenn jemand es verwüstet hatte.

Heute ist es ein Teil des "Feuer und Flamme"-Wanderweges.
Eine Gedenktafel erzählt jedem Besucher seine Geschichte.

Wer dort vorbei schaut, kann inne halten und von einer friedlichen Welt träumen.

Hans Hammer träumte von einer Welt ohne Krieg.

Quellen: Gedenktafel erstellt und gestiftet v. d. Firma AUBEMA; Wanderung auf dem Feuer- und Flamme Weg im Rahmen einer Führung vom Heimatverein Bergneustad; http://www.tv-hackenberg.de/Aeltrat_arch.HTM – Bericht vom Klönabend 08.03.16 – Das Hammer–Denkmal; Gespräch mit Horst Jaeger am 15.03.2018; Informationsschreiben von Horst Jaeger

Uwe Vitz

Bergneustadt und Petra Schürmann

An der Bahnstraße kann man sie noch immer auf einer Schautafel bewundern.
Petra Schürmann, die Miss World 1956.
Das Badekostüm, das sie in London trug, wurde von der Firma Leopold Krawinkel in Bergneustadt hergestellt.

Sie studierte damals am Philosophischen Seminar der Universität Bonn.
Die Kommilitonen riefen hinter ihr her:
„Wer sich im Badeanzug auf dem Laufsteg zeigt, hat an der Uni nichts verloren."

Ja, ist schon ein paar Jahre her.
Aber das Badekostüm hat Bergneustadt mit Petra Schürmann verbunden.
Petra Schürmann war ein Teil der großen Welt.
Erst Schönheitskönigin, dann Filmstar, später Nachrichtensprecherin und Moderatorin.
Eine tolle Frau.
Und sie fand auch ihr privates Glück.

Sie war glücklich, bis ihre Tochter bei einem Unfall starb, den ein Geisterfahrer verschuldete.
Das hat vielen in Bergneustadt sehr leid getan.

Heute ruht Petra Schürmann neben ihrer Tochter und ihrem Mann in Aufkirchen am Starnberger See.

In Bergneustadt erinnern sich die Menschen noch an die Schönheitskönigin von 1956.

Uta Lösken

Zwei Stunden still

Ich zögere einen Moment, dann lege ich den Zeigefinger auf den Klingelknopf, atme einmal durch und drücke. Innen erklingt ein melodischer Gong. Ich warte.

Das Haus mit der Doppeltreppe und der roten Tür steht an der Hauptstraße durch Eckenhagen. Oft schon bin ich daran vorbeigefahren. Habe die Bilder in den Fenstern im Erdgeschoss gesehen. Malerei Maria Möller, das interessiert mich.

An einem offenen Ateliertag besuche ich die Künstlerin, schaue mir ihre Werke an: Landschaften aus dem Oberbergischen, Kühe und – Portraits. Viele Portraits.

Die Malerin erzählt von ihrem aktuellen Projekt: „279 Köpfe". Sie möchte 279 Portraits malen von Menschen, die im Oberbergischen Kreis leben. Warum gerade 279? Weil das ein Portrait pro 1000 Einwohner wäre. Ob ich nicht Lust hätte, einer dieser Köpfe zu werden? Ich überlege nur kurz, dann stimme ich zu. Wir vereinbaren einen Termin.

Jetzt stehe ich also vor ihrer Tür, um mich portraitieren zu lassen. Zwei Stunden etwa wird die Sitzung dauern. Ich bin gespannt.

Die Tür öffnet sich. „Schön, dass Sie da sind." Maria Möller reicht mir lächelnd die Hand und bittet mich ins Atelier.

Ein nahezu quadratischer Raum. Auf der linken Seite große Regale voller Leinwände. An den Wänden kleine, gerahmte Zeichnungen, große Bilder in kräftigen Farben und mit lebhaftem Pinselstrich. Von einem sieht sie selber mich an. Ein strenger Blick, finde ich, aber auch ein ruhiger. Der Blick einer Malerin, die genau hinschaut.

Neben der Tür steht die Staffelei, darauf ein Keilrahmen mit einem hell angelegten Hintergrund. Farben, Palette, Pinsel liegen bereit.

Maria Möller zeigt auf ein Podest gegenüber. Ein samtig braun gepolsterter Sessel mit kurzen, krummen Beinen aus dunklem Holz wirkt darauf wie ein Thron.

„Das wird für diesen Vormittag Ihr Platz sein."

Ich steige auf das Podest und setze mich.

„Suchen Sie sich eine Position, die Sie für längere Zeit aushalten können. Aufrecht, aber möglichst entspannt."

Ich rücke mich zurecht, lege die Unterarme auf die Lehnen, schaue sie erwartungsvoll an.

„Vielleicht ein bisschen zur Seite drehen", bekomme ich weitere Anweisungen. „Nein, nicht so viel lächeln. Das gibt nach einer Weile einen Krampf. Ganz locker. Sozusagen kurz vor Lächeln. Gut."

Sie nickt mir zu und holt eine Kamera.

„Wenn wir nachher eine Pause machen, können wir anschließend mit dem Foto ihre Position genau rekonstruieren."

Dann wird es ernst. Sie wählt einen Pinsel, taucht ihn in Wasser und Farbe – Gouache, wie ich später erfahre

– und beginnt, Konturen auf die Leinwand zu zeichnen. Konzentriert wandert ihr Blick von meinem Gesicht zum Bild und zurück. Den Arm ausgestreckt, nimmt sie mit dem Pinselstiel Maß, mal hochkant, mal quer. Kneift ein Auge zu, misst, zeichnet. Tritt von der Staffelei zurück, vergleicht die Proportionen von Portrait und Original, arbeitet zügig weiter.

Ich sitze still auf meinem Sessel, bemühe mich, die Haltung zu wahren. Blinzele, atme und schaue ihr zu. Nichts sonst. Einfach nur schauen, kurz vor Lächeln, aufrecht und halbwegs entspannt.

Ich sehe die Rückseite des Keilrahmens auf der Staffelei, sehe Maria Möller in cyclamenfarbener Cordhose und grauem Herrenhemd, ein blaues Handtuch als Mallappen an der Seite. Ich sehe sie den Pinsel eintauchen, kann die Farbe selber aber nicht erkennen. Inzwischen ist ein dickerer Pinsel an der Reihe, die Vorzeichnung scheint fertig, die Ausarbeitung beginnt mit einer ersten Schicht.

Sie hat mir gesagt, sie malt, was sie sieht und empfindet. Die Farben müssen nicht mit der Realität übereinstimmen. Jedenfalls nicht mit unserer Vorstellung von Realität. Das Licht spielt eine Rolle, die Kleidung, alles wirkt sich auf das Bild aus.

Haut ist nicht immer hautfarben, kann rötlich sein oder blau, heller oder dunkler. In den Schatten spielen wieder andere Töne.

Wie sieht sie mich heute? Welche Nuancen werden sich in meinem Gesicht, meinem Haar finden? Sie hat mich gewarnt, mein Portrait könne mir eventuell nicht gefallen. Ich habe gelacht und gesagt: „Dann ist das eben so."

Ich sitze auf dem Thron, als hätte ich, die Fürstin, ein Bild in Auftrag gegeben. Für die Ahnengalerie. Früher war das üblich. Früher malten die Künstler auch, was sie sahen. Aber sie sahen ihre Auftraggeber in vorteilhaftem Licht. Sie malten, wie die Fürstin dargestellt werden wollte.

Ich sitze auf dem Sessel und weiß: Ich bin keine Fürstin, ich bin als Modell hier. Als Modell für eine von 279.000 Oberberger Bürgerinnen und Bürgern. Ich bin eine unter vielen, die hier schon gesessen haben und die hier noch sitzen werden. Zwei, drei Jahre wird dieses Projekt laufen. Am Ende, wenn alles gut geht, wird es eine Ausstellung geben mit diesen Köpfen, mit Frauen, Männern, vielleicht Kindern. Mit bekannten und unbekannten Menschen. Werden sie sich wiedererkennen? Werden andere sie erkennen? Werde ich mich erkennen auf dem Bild?

„Wir machen eine kleine Pause." Maria Möller streckt sich und legt den Pinsel zur Seite. „Stehen Sie ruhig auf, kommen Sie herunter." Sie lächelt. „Sie dürfen gerne gucken."

Das lasse ich mir nicht zweimal sagen, gehe um die Staffelei herum und sehe nun zum ersten Mal das halbfertige Portrait.

Ich schlucke. Sehe ich so aus? Ich komme mir fremd vor. Die Haare, die Brille, der blaue Pullover, ja, das bin ich. Aber der Blick, der Mund, die Schatten zwischen Nase und Kinn?

„Das ist erst der Anfang", erklärt Maria. „Es wird sich noch einiges verändern mit den nächsten Farbschichten und Pinselstrichen. Wichtig ist, dass die Proportionen stimmen. Alles andere kommt nachher."

Wir gehen in die Küche, trinken einen Kräutertee, reden. Über die Malerei, über das Projekt und was sie antreibt.

„Menschen interessieren mich. Ich wollte Portraits malen, wollte mit Menschen in Kontakt kommen. All das kann ich mit dieser Malaktion verwirklichen. Mit Bekannten habe ich begonnen, jetzt zieht das Ganze Kreise und es kommen immer mehr Leute dazu. Sie kommen zu mir, lassen sich malen und wir reden. Ich finde es spannend, sie ein wenig kennenzulernen."

„Und für mich ist diese Sitzung eine neue Erfahrung", sage ich. „Still zu sitzen, nichts zu tun als da zu sein, wann kommt man im Alltag schon mal dazu?"

Sie will wissen, wie ich mich dabei fühle.

„Zuerst war ich etwas unruhig, er kribbelte innerlich. Das ließ aber schnell nach." Ich überlege einen Moment. „Und da war ein Gefühl von Ausgeliefert-sein. Dieser Situation, diesem Blick. Was sieht sie? Wie sieht sie mich? Will ich so gesehen werden?"

Maria Möller nickt. „Wir haben ein Bild von uns selber, das wir bewahren wollen."

Das manchmal eine Korrektur vertragen kann, denke ich und trinke meinen Tee aus.

„Sollen wir weitermachen?", fragt sie. Wir gehen zurück ins Atelier.

Eine Stunde später ist das Portrait fertig. Vielleicht

wird sie noch ein paar Pinselstriche machen, wenn ich schon fort bin. Es wird signiert, darf trocknen. Und wird irgendwann mit den anderen 278 Köpfen zusammen ausgestellt.

Nachtrag:

Die Ausstellung „279 Oberberger im Portrait" fand vom 2. bis 29. Mai 2018 im Kreishaus Gummersbach statt.

Marienheide

Gummersbach

Bergneustadt

Reichshof

Eckenhagen

Wiehl

Nümbrecht

WALDBRÖL

Andrea Niehr

Ein Herz für Tante Ella

Eine frei erfundene Geschichte zu den „Heilenden Herzen" im Europäischen Institut für Angewandten Buddhismus (EIAB) Waldbröl.

Ella hatte keine Chance.

Dieser Gedanke setzte sich immer mehr fest in Hannas Kopf. Nie zuvor hatte sie sich ernsthaft mit der Zeit des Nationalsozialismus auseinandergesetzt. Eher hatte das Thema im Unterricht des Hollenberg-Gymnasiums ein müdes Achselzucken hervorgerufen. Das alles war schon so lange her.

Zusammen mit Schwester Charlotte stand sie in der Eingangshalle des buddhistischen Zentrums ihrer Heimatstadt Waldbröl und sah hinauf zu dem leicht schwingenden Stoff-Herz, das sie soeben an der Decke befestigt hatten. Hanna hatte diesen Platz ausgesucht, damit es durch den Zug von der Tür her immer ein wenig bewegt würde.

Die buddhistische Nonne legte einen Arm um ihre junge Besucherin, die verlegen eine Träne wegwischte. „Du hast deiner Tante einen Erinnerungsort geschenkt. Ich denke, sie hätte sich sehr darüber gefreut."

Tante Ella. Eigentlich Urgroßtante Ella. Die Tante von Opa Theo. Von ihr hatte Hanna erst vor wenigen

Wochen erfahren. Denn über Tante Ella wurde in der Familie nie gesprochen.

Es war Hannas Geschichtslehrer, der die Sache ins Rollen brachte. Als vor kurzem die Buddhisten in Waldbröls ehemalige Bundeswehrschule einzogen, nahm er dies zum Anlass, von der Vergangenheit des alten Gebäudes zu berichten. Da war die Rede von Robert Ley, im nahegelegenen Niederbreidenbach geboren, der als Reichsleiter zur Führungsriege der NSDAP gehörte; in jener dunklen Zeit, die für die Schüler kaum greifbar war. Unter seiner Leitung sollte aus dem kleinen, beschaulichen Waldbröl eine Groß-stadt werden. Ley träumte von einem gigantischen Traktorenwerk mit mehreren Zehntausend Arbeits-plätzen. Dazu Kasernen, Sport- und Paradeplätze. Orte, die ein Reich, wie es den Nationalsozialisten vorschwebte, gebraucht hätte. Diese Vorstellung nötig-te den heutigen Jugendlichen ein Stirnrunzeln ab. Ihr nichtssagender Marktplatz, auf dem alle zwei Wochen der weithin bekannte Vieh- und Krammarkt abgehalten wurde, sollte zum schönsten Platz Deutschlands wer-den. Kichern unter den Schülern. Mit einer Oper, einem Schauspielhaus, einer Hochschule. Verbunden durch eine U-Bahn. Aus dem Kichern wurde Lachen. Leys Wahn sah Waldbröl als Zentrum der national-sozialistischen Welt.
All das geriet über die Planungsphase nicht hinaus. Wohl ließ Ley die Kuppe eines Berges abtragen und diesen mit einer gewaltigen Mauer abstützen. Hinter

dieser „Hitlermauer", an der Hanna im Sommer mit ihren Freunden chillte, finden sich noch die Mauerreste, Betonsockel und ins Leere laufenden Treppenstufen eines geplanten Schulbaus.

Unten in der Stadt hatte Ley zuvor bereits eine seiner Ideen verwirklicht. Dort, wo heute die in braune Gewänder gehüllten Nonnen und Mönche leben, war einst eine Heil- und Pflegeanstalt untergebracht. Sie beherbergte rund siebenhundert Menschen, die geistig behindert waren oder psychische Probleme hatten. Robert Ley hatte sie ausquartieren lassen. Aus dem Krankenhaus wurde ein Hotel.

Hanna erinnerte sich, wie sie den Ausführungen des Lehrers mit wachsender Empörung gelauscht hatte. Sie dachte an ihr Praktikum in einem Wohnheim für geistig behinderte Menschen. An Tom, Rico, Marlen. Liebenswerte junge Leute, die ihr ans Herz gewachsen waren. Eine schaurige Vorahnung ließ sie frösteln.

Das Gehörte beschäftigte Hanna eine Weile, doch bald verblasste der Eindruck auch wieder. Bis zu jenem Abend im „Athos". Zusammen mit ihren Eltern und Großeltern probierte sie das jüngste Lokal der Stadt aus. Am Vormittag hatte der Lehrer erneut Fotos aus den dreißiger Jahren gezeigt und Hanna erzählte davon. Das Schweigen am Tisch befremdete sie.

„Die haben diese kranken Menschen einfach weggebracht, um ein Hotel zu bauen." Verärgert hob sie die Stimme. „Opa, daran musst du dich doch erinnern?"

Opa Theo reagierte ausweichend. „So war das eben

damals."

Und er wandte sich an Hannas Vater, um wie so oft über die Tagespolitik zu diskutieren.

So einfach ließ sich Hanna nicht abspeisen. Sie hakte mehrfach nach. Wollte hören, was damals wirklich los war in ihrer Stadt. Und dann fiel der Satz, der sie fortan nicht mehr loslassen würde.

„Ella hatte keine Chance."

Nur eine Nebenbemerkung, geflüstert, gar nicht an die Runde gerichtet, einem verborgenen Ort entwischt, zu dem niemand sonst Zugang hatte.

Jetzt begann Opa Theo zu erzählen.

Von der fröhlichen jungen Frau, die so oft mit ihm gespielt hatte. Was hatten sie gelacht, damals. Der kleine Theo lispelte oft so wie seine Tante, was ihm manche Ohrfeige einbrachte. Denn die Ella, die redete irgendwie komisch. Verwaschen, das klang drollig. Ab und zu fiel sie hin und zuckte am ganzen Körper. *Das ist die Fallsucht*, hatte die Mutter erklärt. Und dann war Ella plötzlich nicht mehr da. *In die Anstalt haben sie sie gebracht.* Von da an sprach niemand wieder von ihr. Theo hatte schnell verstanden, dass er besser nicht nach ihr fragte. So war Ella in Vergessenheit geraten.

Hannas Oma Gertrud war es, die sich an die Aktion der Buddhisten erinnerte. Ein heilendes Herz für jeden der Kranken, die einst in den Räumen des EIAB gelebt hatten. Nun saßen die beiden Frauen in der Küche. Auf dem Tisch zwischen ihnen ein staubiger Karton.

„Lass mal sehen, ob wir hier was Passendes finden. Die Sachen haben Opas Mutter gehört."

Und schon bald wurden sie fündig. Hanna zog eine hübsche Tischdecke hervor, weiß, mit einem gemusterten roten Rand. Auf dem sah man eigenartige Vögel, die zum Flug ansetzten. Die Hakenschnäbel weit aufgerissen.

„Was hältst du davon?", fragte Hannas Oma. „Schau mal, da waren die Motten drin. Als Tischdecke können wir das nicht mehr gebrauchen."

Opa Theo zeigte sich beim Anblick des Tuchs gerührt.

„Das war Mutters bestes Tischtuch." Er musterte die kleinen Löcher im Stoff. „Die hat auch schon bessere Zeiten gesehen. Mutter nahm sie nur zu besonderen Gelegenheiten. Jede Weihnachten lag diese Decke auf dem Tisch."

„Und die ganze Familie hat daran gesessen?" Hanna war aufgeregt. „Auch Tante Ella?"

„Na klar. Ella war ja immer Weihnachten bei uns. Zusammen mit ihren Eltern und mit Hans und Richard, ihren Brüdern."

Damit war es entschieden. Aus diesem Stoff würde das Herz für Ella genäht.

Zusammen mit ihrem Großvater sichtete Hanna lange vergessene Familiendokumente. Was sie fanden, erstaunte selbst den alten Mann. Neben einigen Geburtsurkunden und einer ganzen Reihe Fotos stießen sie auf einen vergilbten Briefumschlag. Adressiert an Ellas Eltern.

„Sehr geehrte Eheleute Hannes!

Wir bedauern Ihnen heute mitteilen zu müssen, dass Ihre Tochter, Fräulein Elisabeth Maria Hannes, am 17. Mai 1941 unerwartet infolge einer Lungenentzündung verstorben ist. Die Infektion verschlimmerte sich so rasch, dass es uns nicht mehr möglich war, Sie zu informieren.

Da Ihre Tochter an einer schweren geistigen und unheilbaren Erkrankung litt, müssen Sie ihren Tod als eine Erlösung auffassen.

Um den Ausbruch übertragbarer Krankheiten zu verhindern, hat die hiesige Ortspolizeibehörde im Einvernehmen mit den beteiligten Stellen die sofortige Einäscherung der Leiche verfügt. Eines Einverständnisses seitens der Angehörigen bedurfte es in diesem Fall nicht. …"*

Absender: Landesheilanstalt Hadamar.

Niemals zuvor hatte Hanna ihren Opa weinen sehen. Traurig nahm sie ihn in den Arm.

Wieder erzählte Opa Theo. Von dem großen Garten, den sein Vater und sein Großvater gemeinsam bewirtschafteten. Von Ella und ihren Brüdern, die zusammen mit ihm durch die Wiesen tollten. Davon, wie er einmal zu den Kühen in die Weide kletterte und sich am Stacheldraht den Arm aufriss. Ella hatte die Blutung gestillt und dem kleinen Neffen ein Lied gesungen.

Am Ende hörte Hanna zum ersten Mal von der Euthanasie.

Oma Gertrud hatte ein Schnittmuster gezeichnet und Hanna suchte auf der alten Tischdecke nach einer geeigneten Stelle.

„Schau, Oma. Die Vögel sehen aus, als wollten sie gleich losfliegen."

„Und zugleich wirken sie hungrig und böse. Das passt auch irgendwie, oder?" Hanna durchbrach das verlegene Schweigen, indem sie das Schnittmuster so anlegte, dass zwei einander gegenüberstehende Vögel die Mitte des Stoffherzens bildeten.

„Sollen wir nicht auch Tante Ellas Namen draufschreiben?" Hanna drehte das Schnittmuster so, dass unter den Vögeln ein weißer Streifen blieb.

„Kein Problem, Kind. Was hältst du davon, wenn wir hier mit einem roten Faden ‚Ella' aufsticken?"

„Wir? Ich kann nicht sticken."

„Dann wirst du es lernen." Ihr Lachen klang gedämpft.

Wenige Tage nach Entdecken des Briefes besuchten Hanna und ihre Großeltern Hadamar. Der Gang vom Parkplatz hinauf zu der ehemaligen Heilanstalt verlief schweigsam. Vor dem Eingang nahm Opa Theo Hannas Hand und sie spürte sein Zittern. Schnell klammerte sie sich an die Großmutter und so geschützt liefen die Drei durch die Ausstellung der Euthanasie-Gedenkstätte.

Es war im Keller des Gebäudes. Schweigend, ab und zu leise schluchzend, hatten sie den düsteren Flur passiert und einen Blick auf Krematorium und Sektionsräume geworfen. In Hanna tobte es. Ihr war abwechselnd heiß und kalt. Mühsam versuchte sie, diesen Anblick nicht mit dem Bild der ihr inzwischen so nahen Tante Ella in Verbindung zu bringen. Die Tränen rollten unablässig.

Endlich wieder in einem lichten Raum angekommen, betrachteten sie die Sammlung von Opferbiografien. Hanna entdeckte das vertraute Foto sofort.

Mit stockender Stimme las sie vor: „Elisabeth Maria Hannes. Verstorben am 17. Mai 1941. Ursache: Lungenentzündung."

Ein schauerliches Grunzen ließ sie herumfahren. Opa Theo starrte auf das Bild und wedelte mit der Hand, als wollte er es wegfegen.

„Ich will das nicht sehen!" Der sonst so sanfte und friedliche Mann brüllte fast. „Umgebracht haben sie sie! Einfach umgebracht!"

Lange standen sie zusammen unter einem der hohen Fenster und hielten einander fest.

Nachdenklich betrachtete Hanna das fertig genähte Herz. Gefüllt mit den Daunen eines alten Kissens fühlte es sich prall und weich an. Während Oma Gertrud sich daran machte, Ellas Namen aufzusticken, erzählte sie ihrer Enkelin, was sie selbst aus jener Zeit wusste. Von der Machtergreifung 1933. Von der Unsicherheit, wie man sich zu dieser neuen Politik stellen sollte. Vom Jubel. Von der Enttäuschung. Von der Angst. Hanna hörte zu. Stellte Fragen. Längst war das Herz fertig. Im Zimmer war es dunkel geworden.

Und sie redeten und redeten, bis Opa Theo vom Skatabend heimkam.

Schwester Charlotte erwartete sie beim Glockenturm. Herzlich schloss sie Hanna in die Arme und begrüßte dann die sichtlich beklommenen Großeltern in deren Begleitung. Zusammen betraten sie die Eingangshalle.
Das weiß-rote Herz schaukelte sacht im Zugwind der Tür.
Ella hatte keine Chance. Doch jetzt war sie endlich wieder zu Hause.

* Der Brief wurde von mir anhand mehrerer Beispiele formuliert, die ich folgenden Webseiten bzw. Broschüren entnommen habe:
* https://grafeneck.finalnet.de/letter.php
* http://www.gedenkstaette-hadamar.de/files/702/ Trostbrief.PDF
* Birkenfeld, Patricia; Gabriel, Regine; Zeuch, Christian: Die Euthanasie-Gedenkstätte Hadamar – Materialsammlung. Gedenkstätte Hadamar (Hg.). November 2017

Christine Scharlipp

Welt-Anschauung

In die helle dunkle
Innenseite der Welt
Wurzeln wir alle
Sind dort verbunden
Halten die Welt
Wachsen zum Himmel
Gemeinsam

Christine Scharlipp

Garten des Buddha

Zeichnend
Zeichen sein

Gezeichnet

Werden

Christine Scharlipp

Inter-Sein

Ein Baum

Ist ein
Baum

Bin ich

Bist Du

Wir sind

Ewiger
Dialog

Christine Scharlipp

Netzwerk

Meine Gedichte
Sind ja
Nicht nur

Meine Gedichte

Christine Scharlipp

Leben

            Welle
keine
            Meer
kein
            Selbst
weder
            Welt
noch

Einzig
Der
Gemeinsame
Schwingende
Puls
Aller Wesen
Geboren aus
Liebe

Christine Scharlipp

Herzzeit

Nicht allen
Uhren ist
Zu trauen

Nur der
Einenden
Inneren

Ihr Pulsschlag
Spricht stets
Die Wahrheit

Christine Scharlipp

Alles fängt erst an

Gleißend
Vor Helligkeit
Ein Weg
Zwischen Mauern
Im Land
Der Lebenden
Und der Toten

Wiesen nach oben
Gewendet
Himmel nach
Unten geneigt

Lichtweiß
Umhüllen mich
Beide
Sich liebend

Christine Scharlipp

Neue Sicht

Innen
Umfasst
Aussen
In Liebe
So ist
Trennung
Pure Illusion

Christine Scharlipp

Verbindung

Ein bunter
Himmel
Sehr weich

Legt sich
Auf meine Haut
Durchdringt
Meine frierende
Seele

Wärmend
Selber
Gewärmt

Christine Scharlipp

Dank an Hundertwasser

Die Seiten
Schreiben

Dich und mich

Das unendliche Gedicht
Findet sich

Uta Lösken

Pan ist tot

Das Zählwerk sprang auf „98" als Suse sich durch das Drehkreuz schob. Bedeutete das, dass sich gerade 98 Besucher auf dem Baumwipfelpfad befanden? War das viel oder wenig? Sie beeilte sich, dem Rücken vor ihr zu folgen. Detlev strebte mit weiten Schritten auf den Aussichtsturm von Panarbora zu.

Endlich hatten sie Zeit gefunden, nach Waldbröl zu fahren und sich die Anlage anzuschauen. Musste irgendwie sein, wenn man Pankowski heißt, hatte sie zu Detlev gesagt. Schon vom Auto aus sah man den oberen Teil des riesigen Zylinders über die Bäume ragen, vierzig Meter war er hoch. Die Konstruktion aus Holz und Stahl wirkte trotzdem luftig, ließ den Himmel durchscheinen.

Panarbora – Suse mochte den Klang dieses Namens. Pan, da musste sie an den griechischen Gott des Waldes denken, einen Gott, der Musik liebte und gerne feierte. Und wenn ihr Schullatein sie nicht ganz verlassen hatte, bedeutete „arbor" Baum.

Sie hatte einen Weg aus Holzbohlen erreicht, der sich in weiten Kreisen zwischen stahlverstrebten Holzpfeilern nach oben schraubte, keine Stufen, barrierefrei. Nach zwei Windungen zweigte der Baumwipfelpfad ab. Detlev wartete auf Suse.

„Zuerst auf den Turm oder zuerst durch den Wald?",

fragte er.

„Zuerst den Wald", sagte sie.

Wald, Bäume, die hatte sie schon als Kind geliebt. Hatte im Herbst bunte Blätter gesammelt und im alten Märchenbuch gepresst. Hatte mit Eicheln und Kastanien gebastelt. Und sich im Frühjahr gefreut, wenn die Knospen austrieben und zartes Grün die knorrigen Zweige umspielte. Während ihre Freundinnen für den Biologieunterricht Blumen im Herbarium versammelten, hatte sie Blätter von Spitz- und Bergahorn, Buche, Erle und Linde aufgeklebt und die Früchte in einer Plastikdose dazugelegt. Schon damals war für sie klar gewesen: Biologielehrerin, das ist mein Traumberuf. Sie lächelte.

Der Pfad, etwa zwei Meter breit, wurde von hohen Stützen getragen, rechts und links die Baumkronen, der Waldboden weit unter ihr. Detlev war schon wieder einige Schritte vor ihr.

„Von seinen Locken ist nicht viel geblieben nach zwanzig Jahren", dachte sie. Suse und Detlev hatten sich an der Uni kennengelernt. Sie war auf dem Weg zu einer Vorlesung, als die Töne einer Panflöte sie neugierig machten. Hinter dem Politik-Institut saß eine Gruppe junger Leute auf der Wiese. Einer von ihnen, ein Student mit wilder blonder Mähne und blau verglaster Nickelbrille, hielt eine Flöte in den Händen. „El condor pasa". Ferne und Freiheit klangen aus dieser Melodie. Suse ließ die Vorlesung sausen und setzte sich zu der Gruppe.

„Was starrst du denn so fasziniert auf den Ast vor

deiner Nase?", fragte Detlev. Sie zuckte zusammen. „Ich war in Gedanken. – Schön hier, oder?" Detlev gab einen zustimmenden Laut von sich. „Lass uns weitergehen."

Suse schlenderte gemächlich hinter ihm her, ihr Blick wanderte dabei von den Baumkronen zum Boden und zurück. Sie registrierte Buchen, Eichen, ein paar Birken, roch den erdigen Duft des alten Laubes. Ein paar Elstern keckerten laut.

Irgendwie waren sie damals zusammengekommen, der Soziologiestudent und die Lehramtskandidatin. Mit Detlev Pankowski, von allen nur Pan genannt wegen seiner wilden Locken und der Rohrflöte, konnte man nächtelang diskutieren. Wie oft hatten sie sich die Köpfe heiß geredet, wenn es um Umweltschutz oder Chancengleichheit ging, um Gesellschaft und Gemeinschaft, einfach um eine bessere Welt.

Suse blieb an einer der Informationstafeln stehen. Ihr gefielen diese Erlebnisstationen, wie sie hier genannt wurden, an denen man zusätzlich zu Texten auch mit den Händen Erfahrungen rund um das Thema Wald machen konnte. Ein Kind erkundete gerade, wann welche Tiere im Wald aktiv waren.

„Ich denke, dieser Pfad wäre etwas für mein fünftes Schuljahr", sagte sie und strahlte Detlev an, der am äußersten Ende des Baumwipfelpfades stand und über die Hügel des Bergischen schaute. „Wir sollten einen Ausflug hierher machen. Das ist für die Kinder doch viel spannender, als nur aus einem Buch etwas über Biotope zu lernen."

Detlev runzelte die Stirn. „Bist du sicher, dass du dir sowas antun willst? Die ganze Organisation. Und was ist mit den Kosten? Wer trägt die?"

Suse schluckte. Detlevs Tonfall, seit wann hatte er diesen Tonfall? Und dieser blasse Blick. Waren seine Augen nicht mal groß und leuchtend blau gewesen? Oder war das bloße Erinnerung an die Nickelbrille? Jetzt kniff er die Augen zusammen, anscheinend nicht nur wegen der Sonne.

„Du bist immer so enthusiastisch, Suse."

Sie zuckte zusammen, als hätte er sie geschlagen. Dann drehte sie sich wortlos um und ging den Pfad weiter, weiter zwischen den Bäumen entlang, zurück zum Aussichtsturm.

Was war aus ihrem Pan geworden? Aus dem Mann, der voller Pläne war, leidenschaftlich für seine Ideen stritt, der sie damit beeindruckt und für sich gewonnen hatte. In all den Jahren musste eine langsame Metamorphose stattgefunden haben, kleine Veränderungen, Schritt für Schritt, als einzelne unauffällig, kaum wahrnehmbar. Oder hatte sie das nicht sehen wollen? Hatte sie an dem Bild von Detlev festgehalten, so wie man einen Teddybären aus Kindertagen festhält, auch wenn er längst kahl kekuschelt ist?

Wann? Wann hatte es angefangen? Als sie ihr Referendariat begann, blieb er noch zwei Jahre an der Uni als Assistent, dann bekam er eine Stelle bei einem Forschungsprojekt, wie üblich befristet. Auch ihre erste Anstellung als Lehrerin war befristet, sie suchten eine Wohnung, die für beide günstig lag. Ein weiteres

Projekt folgte und noch eines, Suse bekam eine Festanstellung in Gummersbach, Umzug. Eine Weile Wochenendbeziehung, dann lief Detlevs Vertrag aus, kein neuer in Sicht. Arbeitsamt, Bewerbungen, keine Soziologen gesucht. Weiterbildung, Quereinstieg als Sachbearbeiter bei der Arbeitsagentur. Da waren die Locken schon kürzer geworden, die ausgewaschenen Jeans grauem Baumwolltwill gewichen.

Suse blieb stehen, schaute zwischen den Stämmen auf den Waldboden. Unscharf sah sie im Halbdunkel einen Körper dort liegen, abgewinkelt, an einem Ende ein heller Fleck, wie von blondem Haar. Sie wischte sich die Tränen aus den Augen, um besser erkennen zu können, wer oder was dort unten war.

Eine Hand legte sich auf ihren Arm. „Was rennst du denn plötzlich weg?"

Sie fuhr herum, schüttelte sich, starrte Detlev an, beugte sich über die Brüstung des Pfades, starrte hinunter. Ein krummes Stück Totholz lag dort, am einen Ende bewachsen von Baumpilzen, die ein paar Sonnenstrahlen zum Leuchten brachten.

Suse lachte auf. „Pan ist tot", flüsterte sie. „Pan ist tot."

Mit ruhigen Schritten folgte sie dem Baumwipfelpfad bis ans Ende, zögerte nur kurz, entschied sich dann für den Weg nach oben. Windung um Windung hinauf auf den Turm.

Oben ging sie einmal langsam rund um die Aussichts-
plattform, blickte über die Hügel des Bergischen Lan-
des, sah die Orte eingebettet im Grün der Wiesen und
über allem den Himmel und die Wolken. Ferne und
Freiheit. El condor pasa.

Petra Dehler

Das große Vergessen

Egon Zimmermann, pensionierter Polizist aus Nümbrecht, verbringt sein Rentnerdasein mit dem, was er schon immer gerne gemacht hat: Er observiert und kontrolliert die Bewohner des beschaulichen Kurortes im Oberbergischen: regelmäßig und unaufgefordert.

Er ist ein echtes Nümbrechter Urgestein. Verschroben, aber hilfsbereit und sympathisch. Schon zu Egons aktiver Zeit hat er viele Eisen für seine Mitbürger aus dem Feuer geholt, Langfinger gestellt und unbürokratisch geholfen. Dafür lieben ihn die Nümbrechter und akzeptieren seine Marotten. Berichterstatter regionaler Blätter, der Pfarrer sowie die Polizei profitieren nicht selten von seiner Vorliebe, alles Wissenswerte in seinem Dorftagebuch festzuhalten und mit Fotos zu belegen.

Egons Erscheinung ist auffällig. Mit 1,65 m auch als klein zu bezeichnen, wächst sein Bierbauch mit der Anzahl der Lebensjahre in die Breite und die Schritte werden behäbiger. Eine Stirnglatze und neugierige Augen, die wachsam ihre Umgebung beobachten, leuchten in einem runden Gesicht mit roten Wangen, die seinem Bluthochdruck geschuldet sind. Egon trägt immer die gleiche Kleidung. Dunkelgrüne Hose mit scharfer Bügelfalte, passendes Hemd, Lodenhut und -jacke.

Weiterhin gehören ein massiver Wanderstock mit Souvenir-Plaketten seiner Bergtouren in Österreich, ein professioneller und doch handlicher Fotoapparat sowie ein Notizbuch mit gespitzten Bleistiften zu seiner Grundausstattung.

Auf alles vorbereitet verlässt Egon an einem für Anfang Januar zu warmen Mittwochmorgen seine Einzimmerwohnung in der Nähe des Nümbrechter Engelstiftes, eines staatlichen Altenwohnheims, oder, wie Egon gerne sagt: „Einer Aufbewahrungsstätte für gestrandete Rentner!"

Seine morgendliche Pirsch beginnt er pünktlich um 8.00 Uhr. Alte Polizei-Routine, die Egon das Gefühl vermittelt, sein altes Leben nicht verloren zu haben. Er marschiert Richtung evangelische Kirche. Von dort aus zum Golfplatz, dann zur Kurklinik, Personaleingang – er kennt immer noch den Öffnungscode – und führt ein kurzes Gespräch mit dem Hausmeister.

Egon sammelt überall Informationen und notiert sie in seinem Dorftagebuch.

Die OVZ vom Kiosk an der Ecke unter den Arm geklemmt, steuern seine Beine, wie von einem unsichtbaren Seil gezogen, ein idyllisches Plätzchen auf dem Dorfplatz an. Es liegt versteckt zwischen hohen Rhododendronbüschen, die zu dieser Jahreszeit einen uneingeschränkten, aber trotzdem abgeschirmten Blick auf die Geschäfte der näheren Umgebung zulassen. Schnaufend lässt sich Egon auf die Parkbank fallen, holt Fernglas, Notizbuch und Bleistift aus ihren Verstecken und beginnt mit seiner täglichen Recherche.

Er sucht SIE. In der Fensterfront des Geschäftes gegenüber. AGNES.

Gräfin Agnes von Zirnow, Galeristin und Künstlerin, die ihre langen, rotbraunen Haare stets zu einem klassischen französischen Knoten hochgesteckt trägt, ist eine attraktive Frau Ende sechzig. Ihre Hände erscheinen feingliedrig, ihr Körper schmal, beinahe zerbrechlich. Ihre Bewegungen sind fließend, fast tänzerisch. Man könnte glauben, sie gleite über den Boden dahin.

Agnes kleidet sich sportlich-elegant: Bundfaltenhose oder edle Jeans, Bluse und passendes Jackett. Zeitlos und stilvoll. Eine große Dame aus einer vergangenen Zeit. Alter schlesischer Landadel und so ganz anders als Egon.

Gräfin Agnes lebt seit dem Tod ihres Mannes alleine in ihrer 400 qm Gründerzeit-Villa gegenüber der Kurklinik. Man schätzt sie als Künstlerin und Autorin. Ihre Vorliebe gilt Bildern junger aufstrebender Maler und alten wertvollen Büchern, am liebsten Erstausgaben. Sie hat außerdem mehrere historische Romane mit großem Erfolg veröffentlicht.

Egon verehrt sie seit Jahren. Beobachtet sie respektvoll aus der Ferne. Kennt ihre täglichen Routinen, Vorlieben und Aktivitäten. Bewundert Agnes für ihre Kraft und Stärke, das Leben auf sich gestellt zu meistern. Das alles dokumentiert er in seinem Dorftagebuch in der Rubrik, die er mit „PRIVAT" gekennzeichnet hat. Es grenzt an ein Wunder, dass Agnes ihren Verehrer noch nicht bemerkt hat.

Nachdem Egon es sich auf seinem täglichen Beobachtungsposten bequem gemacht hat, schlägt er sein Notizbuch auf. Irgendetwas beunruhigt ihn seit Tagen, verursacht ein unangenehmes Gefühl in seiner Magengegend. Verrückt, aber er kommt nicht darauf, was es ist. Er vergleicht die Eintragungen der letzten Monate und stutzt. Dann schiebt er sich tiefer in die Rhododendronbüsche und versucht, mit seinem Fernglas Einzelheiten in der Galerie zu erkennen.

„Verdammt. Warum ist mir nicht schon längst aufgefallen, wie ruhig es dort geworden ist?", sagt er laut zu sich selbst und kratzt sich dabei aufgeregt seine Stirnglatze.

„Sie hat ja kaum noch Kunden. Keine Ausstellungen, keine Lesungen. Nichts. Gar nichts. Sie sitzt jeden Tag, Stunde um Stunde alleine an ihrem Schreibtisch."
Egon erinnert sich, sie letzte Woche im Dorf getroffen zu haben. Da wirkte sie orientierungslos, fast schon verhuscht. Agnes kaufte in der Bäckerei auf der Hauptstraße Brot. Sie verließ das Geschäft und marschierte Richtung evangelische Kirche. Dann schaute sie auf ihr Handy, drehte sich plötzlich um und steuerte den Kurpark an. Egon hatte das Gefühl, dass Agnes versuchte, sich an ihrem Handy und den Straßenschildern zu orientieren, um ihr Zuhause finden zu können.
Die alte Villa, in der sie seit Jahrzehnten wohnt, gehört zu den schönsten Gebäuden im Bergischen und steht auf einem 3000 qm großen, gepflegten, parkähnlichen Grundstück. Mannshohe Mauern schützen vor neugierigen Blicken. Hinter dem schwarzen, eisernen Ein-

gangstor verläuft eine S-förmig geschwungene, mit weißen Kieseln belegte Auffahrt bis zum Haus. Links neben dem Hauptgebäude liegt ein kleines, schmuckes Gärtnerhaus mit angrenzenden Treibhäusern, in denen Agnes' Mann Orchideen gezüchtet hat.

Ihr einziger Sohn Gunther lebt mit seiner Familie in der Schweiz. Egon kann sich nicht erinnern, ihn in den letzten Jahren auf einem seiner Streifzüge durch Nümbrecht gesehen zu haben. Die Gräfin lebt alleine.

Nachdem Agnes die Villa betreten hatte, schleppte sich Egon innerlich aufgewühlt und beunruhigt nach Hause.

Diese Begegnung im Dorf ist zwar schon einige Wochen her, aber er kann sich noch immer an alle Details erinnern. Er muss versuchen, der Sache jetzt auf den Grund zu gehen. Nur wie?

Plötzlich beginnt Egons Gesicht zu strahlen. Schnell packt er sein Sammelsurium zusammen, versteckt alles in den dafür vorgesehenen Taschen und eilt Richtung Galerie.

„Guten Tag, liebe Gräfin von Zirnow, haben Sie einen Moment Zeit für mich? Ich benötige dringend Ihre Hilfe!"

Agnes, von seinem Erscheinen eher aufgeschreckt als überrascht, schaut Egon mit ihren sanften, blassgrünen Augen irritiert an.

„Herr Zimmermann, stimmt's?"

„Stimmt! Ich habe ein Problem und hoffe, Sie können mir bei der Lösung helfen. Meine Schwester Elisabeth hat im Februar Geburtstag, und ich möchte ihr ein ganz besonderes Buch schenken. Nicht irgendetwas von dem Ramsch, der überall angeboten wird. Nein, etwas Tiefsinniges soll es sein! ... Störe ich Sie gerade, dann komme ich morgen wieder?"

Agnes schaut ihn an, als könne sie seinen Worten nicht wirklich folgen.

„Sie möchten ein Buch für Ihre Schwester kaufen?"

„Genau. Ich habe gedacht, Sie könnten mir eines empfehlen. Was Frauen so mögen!" Und wie von einer Eingebung getroffen fügt er hinzu: „Vielleicht eine Biographie?"

„Eine Biographie? Ich habe wirklich einige schöne Bücher, aber zu Hause. Ich könnte Ihnen morgen etwas mitbringen? Das schreibe ich mir schnell auf."

Hektisch sucht Agnes nach einem Blatt und stößt dabei eine offene Kladde, die kreuz und quer mit Notizen gefüllt ist, vom Schreibtisch.

„Lassen Sie sich doch helfen, Gräfin. Es eilt aber auch nicht!", sagt Egon und bückt sich nach dem Buch.

„Nicht ... fassen Sie das nicht an!", zischt sie, fingert dabei zitternd ein silbernes Pillendöschen aus ihrer Hosentasche und steckt sich mehrere rosafarbene Tabletten gleichzeitig in den Mund. Dann steht sie mühsam auf, zieht unbeholfen ihren Mantel an, löscht das Licht und stößt Egon auf die Straße.

Zu überrascht, um darauf reagieren zu können, starrt er sie nur an. Aber Agnes schließt die Glastür ab und läuft Richtung Hauptstraße.

Egon versucht ihr zu folgen. „Warten Sie doch, ich bin

nicht so schnell", und hält Agnes am Ärmel fest.

„Entschuldigung, Herr Zimmermann, ich habe Sie völlig vergessen!", stammelt sie und schaut ihn abwesend an.

„Was halten Sie davon, wenn ich mich bei Ihnen einhake, dann verlieren wir uns auch nicht?", sagt er und führt sie sanft Richtung Höhenstraße.

Unruhig trippelt Agnes neben ihm her und sieht nervös auf die wechselnden Straßenschilder. Egon legt ihr beruhigend den Arm um die Schulter, drückt sie leicht an sich und bringt sie bis zum Eingangstor der Villa.

„Soll ich wegen dem Buch kurz mit reinkommen?"

„Wegen welchem Buch ...? Ach, ja. Kommen Sie!"

Egon folgt ihr sichtlich erleichtert ins Haus.

„Ich mache einen Tee!" Agnes verschwindet in den hinteren Räumen und lässt Egon in der Eingangshalle stehen. Sie scheint ihn vergessen zu haben.

Er bewundert die hohe Decke und den Kronleuchter, der das Foyer einnimmt und die Größe des restlichen Hauses erahnen lässt.

Egon hört das leise Geklapper von Porzellan, folgt dem Geräusch und entdeckt auf der rechten Seite die Bibliothek, deren Regale vollgestopft mit Büchern bis unter die Decke reichen. Vor dem offenen Kamin steht ein gemütlicher Lesesessel, und er lässt sich erschöpft hineinfallen, behält das Geschehen in der Diele aber im Blick. Seine Gedanken kreisen um SIE. AGNES.

Ihre zunehmende Einsamkeit, Verhuschtheit, Konzentrationsschwäche und Nervosität und auch diese Stimmungsschwankungen.

Ihm fällt die Kladde wieder ein, über und über voll mit Notizen, als müsse Agnes sich alles notieren, um es später nachlesen zu können. *„Warum schluckt sie diese rosafarbenen Pillen? Gut kann das nicht sein!"*
Unruhig hält Egon nach der Gräfin Ausschau.
„Sie braucht meine Unterstützung. Jawohl. Und, ... ich habe da auch schon so eine Idee!" Er lächelt vor sich hin und streckt entspannt seine Beine aus. *„Platz gibt es hier ja für eine ganze Kompanie. Nur, wie sagt man es ihr am besten?"*
Auf einmal hört er ein Poltern und das Geräusch von zerbrochenem Geschirr. Egon springt auf und findet Agnes regungslos auf dem schwarzen Granitboden, inmitten ihrer Tabletten.
„Agnes, hören Sie mich! AGNES. Machen Sie die Augen auf. Schauen Sie mich doch an!" Er versucht, sie wachzurütteln. Keine Reaktion.
Geschockt starrt er sie an. Er weiß, dass er handeln muss. Sowie früher auch. In Krisensituationen die Nerven behalten, das hat er doch gelernt. Der Notarzt! Er muss den Notarzt anrufen.
EGON stürzt aus der Küche zurück in die Bibliothek. Dort hat er ein Telefon gesehen. 112. Eins – Eins – Zwei.
„Hier ist Egon Zimmermann. Kommen Sie schnell nach Nümbrecht, Höhenstraße, zur Gräfin von Zirnow. Sie liegt hier, bewusstlos. Schnell, schnell, beeilen Sie sich. Sie bewegt sich nicht mehr!"
Am anderen Ende der Leitung spricht eine weibliche Stimme beruhigend auf ihn ein: „Wo befinden Sie sich

genau? Was ist passiert? Gibt es noch weitere Verletzte? Ist die Patientin ansprechbar?"

Egon bemüht sich, alle Fragen exakt zu beantworten. Dann läuft er zurück in die Küche.

„Agnes hören Sie mich, ich habe den Notarzt angerufen. Er kommt gleich. Hilfe ist unterwegs. AGNES!!! Ich bin bei Ihnen. Ich kümmere mich um Sie. Ich lasse Sie nicht mehr alleine. Wir finden eine Lösung, bestimmt. Das verspreche ich Ihnen! Ich bin doch daaaa ...!"

Erschöpft sackt er neben der Gräfin auf den Boden und streichelt ihr sanft über die Schulter. Ein leises Röcheln, ihre Augenlider zittern. Langsam kommt Leben in Agnes.

„Bleiben Sie ruhig liegen. Nicht bewegen. Ich bin gleich wieder bei Ihnen. Hilfe kommt. Ich muss nur die Türe aufmachen. Haben Sie keine Angst. Biiitte! Gleich bin ich wieder bei Ihnen!"

Mühsam zieht sich Egon am Küchentisch hoch und schleppt sich Richtung Eingangstür. Öffnet sie mit größter Anstrengung und hält dabei, die Hand auf sein stechendes Herz gedrückt, nach dem Krankenwagen Ausschau.

Hörbar atmet er ein und aus. Eine gefühlte halbe Stunde später nähert sich die durchdringende Sirene eines Rettungswagens. Wild mit den Armen winkend stürzt Egon auf die Straße, so dass der Krankenwagen mit quietschenden Reifen vor ihm halten muss.

„Geradeaus, durch den Flur und dann links in die Küche!"

Mit zitternden Beinen folgt Egon den Rettungssanitätern ins Haus.

Als er die Küche erreicht, schaut ihn einer der Männer fragend an:

„Was ist passiert? Frau von Zirnow, hören Sie mich? Machen Sie bitte Ihre Augen auf!" Dabei klopft er ihr leicht mit den Fingern gegen die Wange.

„Ich weiß es nicht. Sie wollte uns Tee machen. Dann dieser Zusammenbruch! Ich bin in die Küche gelaufen und habe sie so gefunden. Sie rührte sich nicht mehr. Es ging alles so schnell!"

Agnes bewegt sich wieder, versucht die Augen zu öffnen, stürzt aber kraftlos zurück in die Bewusstlosigkeit.

„Frau von Zirnow, wir bringen Sie jetzt ins Krankenhaus. Haben Sie keine Angst!" Der Helfer kontrolliert Puls und Blutdruck, legt eine Kanüle und versorgt Agnes mit Flüssigkeit, um ihren Kreislauf zu stabilisieren.

„Was liegen denn hier für rosa Pillen rum? Schluckt sie die?"

„Ja, damit stimmt irgendetwas nicht. Immer wenn sie nervös wird oder unter Druck steht, nimmt sie sie in Mengen."

„Die nehmen wir mit!", sagt der Sanitäter, steckt die Tabletten samt Verpackung in einen Beutel und steht auf.

„Wir fahren sie jetzt in die Notaufnahme nach Waldbröl."

„Ich komme mit. Sie hat sonst niemanden, der sich um

sie kümmert!"

Egon nimmt den Hausschlüssel, verschließt die Tür und läuft hinter den Sanitätern zum Rettungswagen.

„Steigen Sie vorne ein, dann können Sie meinem Kollegen alles erzählen!"

Egon klettert auf den Beifahrersitz und während der Fahrt bricht die ganze tragische Geschichte aus ihm heraus.

Während Agnes in der Notaufnahme versorgt wird, läuft Egon aufgeregt im Wartebereich auf und ab. Auf seinem Gesicht wechseln sich Erleichterung und Angst ab, als ein Arzt hereinkommt.

„Herr Zimmermann, mein Name ist Dr. Mayer. Frau von Zirnow ist wieder bei Bewusstsein. Sind Sie mit ihr verwandt?"

„Nein, die Gräfin hat in Nümbrecht keine Angehörigen. Ich weiß nur, dass ihr Sohn mit seiner Familie in der Schweiz lebt. Ich habe ihn aber jahrelang nicht mehr gesehen."

„Wissen Sie, von wem sie die Tabletten bekommen hat? Wie viele nimmt sie? Wer ist ihr Hausarzt?"

Egon kann die Fragen des Arztes nicht beantworten, verspricht ihm jedoch, den Hausarzt ausfindig zu machen.

„Kann ich die Gräfin sehen?"

„Sie hat ein Beruhigungsmittel bekommen, sie ist stabil. Kommen Sie doch bitte morgen wieder. Machen Sie sich keine Sorgen."

Egon bedankt sich und verlässt nachdenklich das

Krankenhaus. Mit einem Taxi fährt er ins Parkhotel, wo seine Nichte Anke an der Rezeption arbeitet. Einen Moment muss er warten, dann hat sie Zeit für ihn.

„Du kennst doch Frau Schuhmacher, die Haushaltshilfe der Gräfin. Ich muss dringend mit ihr sprechen!"

„Ja, Frau Schuhmacher wohnt neben meiner Mutter in Homburg Bröl. Was ist denn passiert?"

„Gleich! Hast du ihre Telefonnummer?"

„Warte einen Moment. Ich kümmere mich darum. Setz dich vorne in die Sitzgruppe, ich lasse dir einen Kaffee bringen. Du bist ja völlig fertig!"

Egon schleppt sich zu einem Sessel, froh, seine Verantwortung für eine Weile abgeben zu können. Nach ein paar Minuten kommt Anke und reicht ihm ihr Handy.

„Ich habe schon gewählt, Frau Schuhmacher ist dran."

Egon erklärt erneut, was passiert ist, und fragt nach Pillen und Hausarzt.

„Mein Gott, was ein Unglück. Ich muss überlegen. Nein, sie hat keinen Hausarzt, aber sie fährt öfters zu ihrem Neurologen nach Köln. Lässt sich mit dem Taxi hinbringen. ... Gott oh Gott. Kann ich für Frau Agnes etwas tun?"

Egon bittet sie, der Gräfin Kleidung und was man noch so braucht ins Krankenhaus zu bringen und bedankt sich. Dann ruft er in der Klinik an, um den Arzt zu informieren.

„Was für ein Tag!", stöhnt er. „Aber ich brauche nochmal deine Hilfe, Anke."

Seine Nichte setzt sich in den Sessel neben ihm und

schaut ihn erwartungsvoll an.

„Die Gräfin kann sich in dem großen Haus nicht mehr alleine versorgen. Sie braucht jemanden, der sich den ganzen Tag um sie kümmert. Und ... sie kann nicht in eines dieser staatlichen Altenheime, das würde sie nicht überleben."

„Und wo soll Frau von Zirnow deiner Meinung nach hin?"

Egon lacht: „Na ja, da hätte ich schon so eine Idee. Du hast mir doch von eurem Gärtner Johann erzählt, der vor kurzem Vater geworden ist."

„Jaaaa!"

„Seine Frau Elisabeth ist eine ausgebildete Pflegekraft, nicht wahr?"

„Stimmt, sie hat in der ambulanten Pflege gearbeitet, musste aufhören, weil sie keine Tagesmutter für ihren Sohn hat."

„Eben. Sie möchte doch bestimmt wieder arbeiten!"

„Genau! ... Jetzt weiß ich, worauf du hinaus willst! Egon du bist ein Genie!!"

„Na ja, ich bin kein Genie, aber dumm bin ich auch nicht. Ich dachte mir, die Familie könnte vielleicht im Gärtnerhaus einziehen. Johann arbeitet weiterhin im Parkhotel, seine Frau kümmert sich um die Gräfin und kann gleichzeitig für ihr Kind da sein. Damit ist allen geholfen. Aber natürlich nur, wenn Agnes zustimmt!"

„Du hast recht. Das wäre eine sehr gute Lösung."

Anke schaut Egon tief in die Augen: "Warum habe ich das Gefühl, dass da noch etwas ist. Raus mit der Sprache!"

„Nun ja", druckst er herum. „Ich frage mich schon länger, was mit mir mal passieren wird, wenn ich nicht mehr alleine klarkomme. Weißt du, was ich meine?"

„Nicht wirklich!"

„Bitte Anke, du weißt, wie ich über diese staatlichen Altenheime denke. Da gehe ich niemals rein, eher springe ich von der Sperrmauer ins Trockene!"

„Aber du willst nicht auch bei der Gräfin einziehen, oder? So eine Rentner-WG gründen?"

Anke bricht in schallendes Gelächter aus.

„Dooooch ... genau so etwas stelle ich mir vor! Jetzt noch nicht, erst, wenn sich alles beruhigt hat, und natürlich, wenn Agnes damit einverstanden ist. Elisabeth kann sich um uns beide kümmern und vielleicht finden wir ja auch noch andere Rentner, die Spaß daran haben, so zu leben. Findest du das nicht gut? Weißt du, wie groß diese Villa ist?"

„Darüber muss ich erst einmal nachdenken", sagt sie lachend und wischt sich die Tränen weg. „Eine alternative Wohngemeinschaft für lebensfrohe Rentner in Nümbrecht. Na, das hat was!"

Damit dreht sich Anke um und marschiert kopfschüttelnd zur Rezeption.

Am nächsten Tag, Punkt 8.00 Uhr, fährt Egon mit dem Taxi ins Krankenhaus. Alte Gewohnheit, aber für einen Krankenbesuch definitiv zu früh. Deshalb geht er in die Kantine, kauft sich die OVZ und trinkt seinen zweiten und dritten Kaffee an diesem Morgen.

Gegen 9.00 Uhr faltet er die Zeitung zusammen, erkundigt sich, auf welcher Station die Gräfin liegt, und fährt mit dem Aufzug in den dritten Stock.

„Guten Morgen, Herr Zimmermann, Sie können Frau von Zirnow jetzt besuchen. Übrigens, vielen Dank für Ihre Hilfe!" Dr. Mayer, der seine morgendliche Visite gerade beendet hat, kommt ihm auf dem Stationsflur entgegen.

„Geht es ihr besser? Haben Sie herausgefunden, warum sie die Pillen schluckt?"

„Dazu darf ich Ihnen leider nichts sagen. Sie wissen ja: Schweigepflicht. Aber vielleicht erzählt sie es Ihnen ja selber. Gehen Sie zu ihr. Sie freut sich bestimmt. Zimmer neun!" Dr. Mayer dreht ihm den Rücken zu und widmet sich erneut seiner Krankenakte.

Zaghaft klopft Egon an Agnes Tür und als er ein leises „Ja bitte" vernimmt, tritt er ein.

„Frau von Zirnow?"

„Kommen Sie doch rein, Egon. Darf ich Sie so nennen?"

„Ja sicher ...!"

„Nehmen Sie Platz. Bitte. Vielen Dank für alles, was Sie für mich getan haben. Und ... ich bin Ihnen eine Erklärung schuldig, nicht wahr ...?"

Die Gräfin greift nach Egons Hand, drückt sie leicht und schaut ihm unsicher in die Augen.

„Gräfin, Sie brauchen keine Angst zu haben. Ich kümmere mich um Sie, wenn ich ... das so sagen darf?"

Agnes lächelt, lehnt sich in ihrem Kissen zurück und beginnt zögerlich, ihre Geschichte zu erzählen.

„Vor einigen Jahren hat es angefangen. Langsam. Ich hatte Konzentrationsprobleme, vergaß meine Termine und schaffte es nur noch mit größter Anstrengung, mein Leben und die Galerie zu organisieren. Dann klappte auch das nicht mehr. Keine Ausstellungen oder Lesungen. Mein Leben verschwand. Spurlos.

Eines Morgens wurde ich wach und konnte nur noch mit Mühe sprechen, mich kaum bewegen. Ich kam nach Gummersbach ins Krankenhaus und die Spezialisten stellten fest, dass ich bereits mehrere kleine Schlaganfälle hatte und deshalb auch so vergesslich geworden bin. Man nennt das vaskuläre Demenz. Das Gehirn wird schlechter durchblutet, Gewebe stirbt ab."

Agnes Stimme wird immer leiser. „Ich bin auf dem Weg ins Land des Vergessens, Egon. DEMENZ, es ist Demenz. Alles verschwindet und das macht mich krank. Es zerfrisst mich innerlich. Ich muss mir alles aufschreiben. Sie haben doch das offene Notizbuch gesehen. Die Galerie, mein Lebenswerk, ist ein Scherbenhaufen.

Na ja, und da ... hat mein Sohn mir geholfen. Als ich ihm davon erzählt habe, meinte er, dass es in der Schweiz Tabletten gegen das GROSSE VERGESSEN gibt. Die Schweiz ist ja in vielen Dingen weiter als wir in Deutschland. Und da er sich Sorgen um mich macht, aber keine Zeit hat, sich um mich zu kümmern, schickt er mir die Pillen. Regelmäßig.

Aus Angst, nicht mehr alleine leben zu können, habe ich sie geschluckt, zusätzlich zu denen, die mein Neurologe aus Köln mir verschrieben hat. Von Monat zu

Monat sind es mehr geworden."

Egon legt sanft seine Hand auf Agnes Arm und schaut sie verständnisvoll an.

„Aber sie haben Nebenwirkungen, und ich bin davon abhängig geworden. Ich, Gräfin von Zirnow, bin tablettensüchtig, weil ich Angst habe zu vergessen. Mein Leben, mein ganzes Leben verschwindet in einem schwarzen Loch. Bald kann ich nicht mehr in meinem Haus bleiben, und wo bringt man mich dann hin?"

„Man bringt Sie nirgendwo hin. Sie können in Ihrer Villa bleiben, dort, wo Sie zu Hause sind. Wo Sie hingehören! Ich habe mir etwas für Sie überlegt. Möchten Sie es gerne hören?"

Agnes schaut ihn erstaunt an und nickt zaghaft.

Dann erzählt ihr Egon alles über Johann und seine Familie und von seiner Idee, dass dieses junge, sympathische Paar ins Gärtnerhaus zieht.

„Wie finden Sie es, wenn Elisabeth Ihre Betreuung und die täglichen Arbeiten im Haushalt übernehmen würde. Dann hätte ihr Sohn gleich drei Großmütter und Sie wären nicht mehr alleine. Mehrere Generationen unter einem Dach, die sich gegenseitig helfen können."

Agnes schaut ihn mit tränennassen Augen an.

Dann fügt er leise hinzu: „Und ich bin ja auch noch da. Ich meine ... wenn Sie wieder gesund sind, und sich alles eingespielt hat, dann würde ich mich freuen, wenn wir mehr Zeit miteinander verbringen könnten."

Die Gräfin greift erneut nach Egons Hand und drückt

sie, so fest sie kann. „Das ist eine sehr gute Idee. Ich bin Ihnen unendlich dankbar. Es ist für mich so wichtig, dass ich in meinem Haus bleiben kann. Ich möchte dort sein, wo ich glücklich war, wenn ich auch langsam gehen muss. Ich bin einverstanden." Die Gräfin ist sichtlich berührt und das Sprechen fällt ihr schwer.

„Die Ärzte sagen, dass ich noch ein paar Tage zur Beobachtung hierbleiben muss. Dann bin ich noch einige Wochen in Marienheide. Sie wissen schon, damit ich lerne, die rosafarbenen Pillen zu vergessen. Wenn ich wieder nach Hause komme, Egon, dann setzen wir Ihren Plan in die Tat um. Ich gebe Ihnen mein Wort, und ich freue mich auf die Zeit, die noch vor uns liegt."

Mit einem Lächeln auf den Lippen verlässt Egon das Krankenhaus.

„Wenn sie wüsste, was ich mir sonst noch so alles überlegt habe ..., aber ... ich gehe es langsam an!"

Alle Ereignisse, Personen, deren Beschreibungen und Aktivitäten sind frei erfunden. Der Kurort Nümbrecht ist jedoch Realität und immer wieder eine Reise wert!

Stephanie Werner

Hexenprobe

Erschrocken lässt Hannah ein Glas Marmelade zu Boden fallen. Mit lautem Klirren zerbricht es. Die rote Masse spritzt auf ihre Hosenbeine und Schuhe. Wie gelähmt bleibt sie stehen und starrt die Person in der Schlange an der Kasse des Nümbrechter Supermarkts an.

Ihr Herz rast, ihr wird übel. Das kann nicht sein, das ist unmöglich, sagt sie sich immer wieder. Doch die Person hält ihrem Blick stand.

„Einen Augenblick bitte, ich hole ein Kehrblech", sagt die freundliche Kassiererin und verschwindet in einem Nebenraum.

Erst jetzt blickt Hannah zu Boden und sieht die Spuren ihres Missgeschicks. Die Himbeermarmelade hat eine Lache gebildet, ihre weiße Hose zieren rote Kleckse.

Als sie wieder aufschaut, ist die Person verschwunden. Hannah wird nervös. Hatte sie sich deren Anwesenheit nur eingebildet?

„Es tut mir leid", stammelt Hannah, als die Kassiererin mit einem Putzeimer zurückkehrt. „Ich bezahle das natürlich."

„Das brauchen Sie nicht. So etwas kann doch jedem mal passieren."

Hannah hat es plötzlich eilig. „Vielen Dank. Ich lege Ihnen fünf Euro für die Nudeln hierhin. Der Rest ist für die Kaffeekasse". Und schon ist sie aus dem Geschäft. Auf dem Weg nach Hause schaut sie immer wieder zurück. Obwohl ihr nichts Verdächtiges auffällt, fühlt sie sich verfolgt. Sie geht schneller und schneller, um die sichere Wohnung zu erreichen. Als sie gerade die Tür von innen verriegelt hat, klingelt das Telefon. Ihre Freundin Sarah.

„Sarah! Ich habe Miriam gesehen!", schreit Hannah aufgeregt in den Hörer.

„Das kann nicht sein! Beruhige dich", entgegnet Sarah streng.

„Sie war es. Ich bin mir ganz sicher."

„Hast du deine Tabletten nicht genommen?"

„Doch. Miriam ist hier! Sie war im Supermarkt ein paar Meter hinter mir und hat mir direkt in die Augen geschaut."

Sarah ist beunruhigt. Wenn Hannah durchdreht, bringt sie alle in Gefahr. Alle wissen von den Angstzuständen, Alpträumen und Depressionen, unter denen sie seit zehn Jahren leidet, und dass sie Medikamente nimmt. Doch dass sie jetzt plötzlich Personen sieht, die tot sind, ist äußerst bedenklich.

„Nimm eine Beruhigungstablette und leg dich hin", bestimmt Sarah. „Ich komme heute Nachmittag vorbei."

Hannah ist leicht benommen, als es an der Haustür klingelt. Es ist Sarah, kreidebleich im Gesicht.

„Man hat einen Toten im Hexenweiher gefunden. Los, zieh dich an. Ich muss wissen, wer es ist", befiehlt Sarah.

„Nein, ich gehe nicht mit. Ich bin seit zehn Jahren nicht mehr dort gewesen und will das auch jetzt nicht." Hannahs Augen sind vor Angst weit aufgerissen.

Doch Sarah kennt kein Erbarmen. Sie drückt ihrer sich sträubenden Freundin eine Jacke in die Hand und drängt sie zur Tür.

Die Nachricht vom Toten im Hexenweiher hat sich wie ein Lauffeuer in Nümbrecht herumgesprochen. An dem größeren der beiden Seen unterhalb des Dorfes Spreitgen haben sich zahlreiche Schaulustige hinter den Absperrbändern eingefunden und beobachten die Arbeit der Polizei.

Auch Ben, ein gemeinsamer Schulfreund von Hannah und Sarah, schaut zu. Als er die Freundinnen, die etwas abseits von den anderen stehen, entdeckt, kommt er eilig zu ihnen herüber.

„Es ist Andreas. Sie haben ihn im Wasser treibend gefunden. Seine Hände und Füße waren gefesselt", berichtet er.

Hannah wird schwarz vor Augen. Auch Sarah bemerkt einen Anflug von Schwäche und muss sich beherrschen, nicht die Fassung zu verlieren.

„Ich habe heute Morgen Miriam gesehen", sagt Hannah tonlos.

Ben sieht sie irritiert an. „Das kann nicht sein und das weißt du."

„Nein, Ben. Die Vergangenheit holt uns ein."

Ben packt Hannah an den Schultern. „Reiß dich zusammen. Es gab damals keine Zeugen. Niemand wird mehr an die alte Geschichte denken. Die Polizei hat uns geglaubt, dass Miriam allein nach Hause gehen wollte. Und ihre Familie ist längst weggezogen."

„Wir werden alle sterben. Alle", jammert Hannah.

„Verlier jetzt nicht die Nerven", zischt Sarah.

„Kapiert ihr das denn nicht? Das ist kein Zufall, dass Andreas an Händen und Füßen gefesselt ist. Das ist ein Zeichen. Miriam lebt."

„Miriam ist tot. Das haben wir alle gesehen", flüstert Sarah energisch.

„Ihre Leiche wurde nie gefunden. Habt ihr das vergessen?", fragt Hannah. „Ich halte das nicht mehr aus. Immer diese Alpträume und die ständige Angst, dass alles noch herauskommt. Ich gehe jetzt zur Polizei."

„Das wirst du nicht. Sonst wandern wir alle ins Gefängnis", fährt Ben Hannah an.

„Miriam wird uns alle umbringen. Einen nach dem anderen. Auch Kirsten und Michael wird sie in Köln finden. Ist dir das lieber?", provoziert Hannah.

Sarah hakt sich bei ihr ein. „Komm, wir bringen dich nach Hause." Sie deutet Ben an, ihnen zu folgen.

Zurück in ihrer Wohnung nimmt Hannah zwei Schlaftabletten und legt sich aufs Bett. Kurz darauf schläft sie ein.

Hannah ist aufgeregt. Sie und ihre Freunde Sarah, Miriam, Kirsten, Ben, Andreas und Michael treffen sich am Ufer des größeren Hexenweihers, um in den Mai hinein zu feiern. Sie alle sind gerade achtzehn geworden und freuen sich auf ihr erstes gemeinsames Maifest. Die Jungs haben Bier und Würstchen besorgt, die Mädels Salate mitgebracht. Bei herrlichem Wetter sitzen sie auf Campingstühlen um einen kleinen Grill herum. Das Bier fließt in Strömen.

Kurz vor Mitternacht hat Ben eine Idee: „Wir machen eine Hexenprobe!"

„Was soll das sein?", fragt Miriam.

„Kennt ihr nicht die Legende vom Hexenweiher?"

Alle schütteln den Kopf und Ben erzählt:

„Historisch ist das Ganze zwar nicht belegt, aber hier sind angeblich im Mittelalter Hexenproben durchgeführt worden. Man fesselt die Frau, die man für eine Hexe hält, an Händen und Füßen und wirft sie ins Wasser. Geht sie unter, ist sie unschuldig. Schwimmt sie, ist sie eine Hexe."

„Wer von uns soll denn die Hexe sein?", fragt Hannah lachend.

„Miriam", schlägt Andreas vor. „Wegen ihrer roten Haare."

„Dann los." Ben springt auf, nimmt Hannah und Sarah die Halstücher ab und fesselt die kichernde Miriam. Die Freunde tanzen um sie herum, rufen „Hexe, Hexe!"

Schließlich tragen die Jungen sie ein Stück weit in den See hinein, werfen sie ins Wasser, geben ihr noch einen Schubs und waten zurück ans Ufer.

Im Licht des Vollmondes beobachten sie, wie Miriam sich hin und her windet. Mit aller Kraft versucht sie, sich über Wasser zu halten. Nach kurzer Zeit lassen ihre Kräfte nach.

„Ich kann nicht mehr!", schreit sie. „Helft mir,

schnell!" Dann geht sie unter.

„Sie ist keine Hexe!", ruft Ben lachend. „Wir müssen sie rausholen."

Die Jungen rennen ins Wasser, schwimmen in die Mitte des Sees. Sie tauchen, um Miriam wieder nach oben zu holen. Einer nach dem anderen erscheint wieder an der Oberfläche.

„Verdammt, wo ist sie?", ruft Ben ratlos und taucht erneut hinab. Andreas und Michael ebenfalls. Vom Ufer aus verfolgen Sarah, Kirsten und Hannah die verzweifelten Versuche, Miriam zu retten. Doch vergeblich. Sie können Miriam nicht finden.

Schweißgebadet schreckt Hannah aus dem Schlaf. Ihr Puls rast, der Atem ist flach. Sie braucht einen Augenblick, um zu realisieren, dass sie wieder geträumt hat. Sie schaut auf die Uhr. Es ist neun, Zeit, reinen Tisch zu machen.

Sie springt aus dem Bett, geht ins Bad und verlässt zehn Minuten später das Haus. An der Einfahrt kommen ihr Sarah und Ben entgegen.

„Ich gehe zur Polizei und werde alles sagen", erklärt Hannah entschieden.

„Das wirst du nicht!", zischt Sarah.

„Lass uns reingehen und reden", schlägt Ben vor und packt sie am Arm. Hannah reißt sich los.

„Ich will nicht reden! Ich will, dass die Wahrheit endlich ans Licht kommt. Wir hätten damals direkt zur Polizei gehen sollen. Es war ein tragisches Unglück. Mit diesem Geheimnis kann ich nicht mehr länger leben", schluchzt Hannah und bricht in Tränen aus.

Sarah und Ben haken sich bei ihr ein und ziehen sie zurück ins Haus. Im Flur begegnen sie Hannahs Nachbarin Linda.

„Was ist passiert?", fragt Linda erschrocken.

„Ihre Depressionen werden schlimmer", raunt Sarah ihr zu. „Wir kümmern uns um sie."

Linda schüttelt mitfühlend den Kopf. „Wie schrecklich, dass ein so junger Mensch schon seit Jahren damit zu kämpfen hat. Gut, dass ihr sie nicht alleine lasst."

In der Wohnung legt sich Hannah aufs Sofa.

„Ich hole dir eine Schlaftablette, damit du zur Ruhe kommst", sagt Sarah.

„Lass mich das machen", mischt sich Ben ein. „Bleib du bei Hannah."

Er geht in die Küche, wo die Tabletten auf dem Tisch liegen. Sekundenlang betrachtet er die beiden fast vollen Packungen. Dann füllt er ein Glas mit Orangensaft, nimmt einen Streifen nach dem anderen, drückt die Tabletten in den Saft und rührt eine Weile. Mit dem Glas und zwei Tabletten in der Hand kehrt er zurück ins Wohnzimmer und reicht Hannah beides wortlos. Nach kurzer Zeit ist sie eingeschlafen.

„Sarah, lass uns gehen. Unser Problem ist gelöst."

Sarah sieht ihn erstaunt an. „Was meinst du damit?"

„Ich habe über zehn Schlaftabletten im Saft aufgelöst. Sie wird nicht mehr aufwachen."

„Bist du verrückt?", schreit Sarah. „Sie ist unsere Freundin!"

„Sei still. Sie war eine tickende Zeitbombe. Jeder wird denken, sie hätte sich selber umgebracht."

Hastig greift Sarah nach ihrem Handy.

„Was machst du?", fragt Ben unwirsch.

„Ich rufe einen Krankenwagen."

Ben reißt ihr das Handy aus der Hand. „Das wirst du nicht, sonst ..."

„Was sonst? Willst du mich auch umbringen?"

Bens eiskalter Blick sagt Sarah, dass er genau das tun würde. Schlagartig wird ihr noch etwas klar:

„Du hast Andreas umgebracht!" Sie weicht zurück.

„Er wollte sein Gewissen erleichtern, das konntest du nicht zulassen."

„Nein, das war ich nicht. Ob du mir glaubst oder nicht, ist egal." Drohend rückt er näher, greift nach etwas. Sarah dreht sich um, will zur Tür laufen. Da trifft sie ein Schlag, sie bricht tot zusammen. Ben wischt die Bronzeskulptur ab, legt sie Hannah kurz in die Hand und lässt sie dann fallen. Alles wird so aussehen, als habe Hannah ihre Freundin Sarah erschlagen und dann Selbstmord begangen.

Von der Straße aus beobachtet eine junge Frau mit roten Haaren, wie Ben allein das Haus verlässt. Sie lächelt zufrieden. Alles läuft, wie sie es sich ausgemalt hat. Eine Leiche genügt, und die Mörder ihrer Schwester zerfleischen sich selber. Es würde sich finden, wie sie auch Kirsten und Michael mürbe machen könnte, zum Schluss müsste sie sich nur noch Ben vornehmen.

Damals als Zehnjährige hatte sie sich heimlich aus dem Haus geschlichen und war ihrer Schwester gefolgt. Sie wollte doch auch in den Mai feiern. Und dann musste sie hilflos zusehen, was mit Miriam geschah. Sie war es ihr einfach schuldig, die anderen nicht ungeschoren davonkommen zu lassen.

Conny Heitmann

Das Tal der Gesetzlosen

Lang und schmal liegt es da, von Ost nach West verlaufend, fast ein Siefen. Wenn es nicht so lang wäre.

Der Alpebach schneidet sich in die Hügelwelt um Enselskamp und Alte Bremig, teilt die Wälder durch die Straße, die das Dorf in der Mitte zu einem Durchgangsort macht. Alpe. Eine Hauptstraße, die nur zu gerne von LKW als Einflugschneise zur Autobahn genutzt wird.

Und dennoch ist das Alpetal von Alperbrück bis Ohlhagen eine kleine Schönheit für den, der es kennt. Ich meine damit den, der es wirklich kennt, und nicht nur die alten und älteren Häuser an der Hauptstraße gesehen und die Waldränder rechts und links bei der Durchfahrt erhascht hat. Nur wer seinen Fuß in die alte Bremig gesetzt hat, wer im Enselskamp die Grundmauern des alten Schlosses abgegangen ist, das vormals dort stand. Ich meine auch den, der am ‚Heimnis Wässerchen' auf der großen Lichtung gelegen hat und im Winter auf dem verlotterten Teich in ‚Heimnis Wiese' Schlittschuh gelaufen ist.

Das ist Alpe bei Wiehl im Alpetal. Laut der Stadtverwaltung eine unerwünschte Ansammlung von Häusern, was meine Eltern schriftlich haben. Für mich ein Stück Heimat, wo ich Kind sein durfte auf eine Weise, die Kinder heute kaum noch erleben können, weil es zu „gefährlich" ist.

Im Volksmund das Tal der Gesetzlosen genannt, was wohl darauf zurückzuführen ist, dass dort einige Räuberpistolen in den späten sechziger Jahren passierten, an die sich heute kaum noch jemand erinnert.

In diesem Dorf bin ich aufgewachsen. Dem Heimatdorf meiner Mutter, die sich nie von diesem Ort lösen konnte. Und auch ich tat es nur zwangsweise.

Ich erinnere mich gern an meine Kindheit dort, als wir durch die Wälder tobten, auf den Kuhweiden Freilufttheater spielten und im Winter auf den Straßen Schlitten fuhren. Wo jeder jeden kannte.

Diese Begebenheiten möchte ich berichten, aus einer Zeit, die heute schon so weit entfernt scheint, dass kaum noch einer an sie denkt.

Aus einer Zeit, als wir gezwungen waren, ohne Handy auszukommen und mit einem Bus zu fahren, der uns nur zu drei Uhrzeiten am Tag ins nahe gelegene Wiehl brachte.

Im Nachbardorf Mühlhausen, dort wo die alte Schule stand, die später der Kindergarten war, wohnten „Auf der Wäsche" Menschen, die sozial schwach waren, Asylanten unter anderem. Ich erinnere mich daran, wie meine Tanten und Onkel einheitlich von den „Knotten" sprachen. Niemand wollte mit „denen" was zu tun haben. Der Bereich, der durch eine tieferliegende Wiese und den Bach wie eine Insel von der Straße abgeschnitten war, nannte sich ‚Auf der Wäsche'. Es hing immer Wäsche auf der Leine, jeden Tag, und die Fenster des Wohnheims waren mit Bettlaken verhängt. Sie hatten wohl kein Geld für Gardinen, vermuteten wir. Es war auf jeden Fall ein Ort, von dem wir Kinder uns fernzuhalten hatten.

„Auf der Wäsche" lebte auch Kuli. Wegen Exhibitionismus hatte er im Knast gesessen, wohnte seitdem dort und ging jeden Tag die zwei Kilometer von Mühlhausen nach Alpe, um bei seiner Schwester seine Ration Lebensmittel abzuholen, die sie für ihn einkaufte.

Markus, ein Junge aus dem Dorf, hatte seine Großeltern überfallen, war dazu in sein eigenes Zuhause eingestiegen, um letztendlich „Sieben Mark Fuffzich" zu ergattern und dabei von seinem Großvater erkannt zu werden. Damals sorgte er mit seiner Aktion für Spott und Gelächter. Niemand dachte daran, dem Jungen zu helfen. Die Zeiten waren anders.

Als dann Ende der Siebziger Jahre die Kneipe in unserem Dorf verkauft und dort ein Bordell eröffnet wurde, setzte das dem I das Tüpfelchen auf. Rotlichtmilieu war zu dieser Zeit in unserer frommen Gegend völlig verpönt. Und das auch noch vor unserer Haustür! Schrecklich.

Gewissheit über den Beinamen „Tal der Gesetzlosen", den wir bis dahin nur innerhalb der Großfamilie meiner Mutter kannten, erhielten wir an jenem Tag, als mein Vater nach Wiehl zum Tanken fuhr. Als er bezahlen wollte, bekam er eine Unterhaltung zwischen dem Tankwart und einem anderen Kunden mit, der gerade erzählte, dass er jetzt noch einen Termin in Mühlhausen hätte. Der Tankwart fragte ihn: „Was willst du denn im Tal der Gesetzlosen?"

Mein Vater, der Ende der fünfziger Jahre aus dem Rheinland ins Tal gekommen war, um dort „auf die Frei" zu gehen, meine Mutter fand und dann da blieb, schmunzelte. Da er mit seinem Firmenwagen mit bayrischem Kennzeichen unterwegs war, fragte er arglos nach.

„Tal der Gesetzlosen? Wo gibt's denn sowas?"

Und prompt bekam er eine ausführliche Beschreibung seines Wohnortes geliefert, inklusive Hinweis auf das Bordell.

„Was es nicht alles gibt!" schmunzelte mein Vater, bezahlte, setzte sich immer noch amüsiert in sein bayrisches Auto und fuhr nach Hause, um uns beim Abendessen von seinem Erlebnis zu berichten.

Wir blickten lachend aus dem Küchenfenster auf den Parkplatz des Bordells. Schon wieder parkte dort ein sicherlich gut betuchter Kunde seinen 7er BMW. Nach allen Seiten Ausschau haltend, ob er auch ja nicht gesehen wurde, verschwand er auf der anderen Straßenseite in der Tür von Haus Alpetal.

In diesem Tal wuchs ich auf, verbrachte fast zwanzig Jahre meines Lebens dort, im Tal der Gesetzlosen, und will ein wenig über meine Kindheit in den siebziger Jahren plaudern.

Conny Heitmann

Die kleine Kneipe

Ewig lang streckte sich das Gebäude an der Straße entlang, jedenfalls empfand ich das so als Kind, das auf der anderen Straßenseite wohnte. Der große staubige Parkplatz, der vor unserer Haustüre lag, eignete sich für viele Dinge. Er war nur zur einen Hälfte geteert, die andere Hälfte festgefahren und mit grobem Splitt bestreut, auf dem sich im Lauf der Jahre nur noch fast faustgroße Stücke befanden. Kinderfaustgroß.

„Haus Alpetal" prangte auf der großen Leuchtreklame, die außen an dem Gebäude angebracht war und der bereits eine Ecke unten links fehlte. Udo, der Wirt, war wohl noch nicht dazu gekommen, das zu reparieren. Er und seine Frau Jutta hatten immer viel zu tun. In ihren besten Zeiten war die Kneipe eine gutgehende Pension, genau 3 Zimmer groß. Die Familie wohnte auch dort. Mutter, Vater und zwei Jungs, der Älteste ging mit mir in die Schule.

Die Jungs spielten mit uns auf der Straße und im Dorf, wobei der Älteste viel Zeit beim Bauern verbrachte. Es störte ihn nicht, wenn er von dessen Sohn und bald vom ganzen Dorf neckend „Beulersau" genannt wurde. Das hing wohl mit seinem etwas kompakten Körperbau zusammen. Er war nicht dick, wenn ich es überlege. „Spack" würde man vielleicht sagen.

Ich machte oft Hausaufgaben mit ihm. Und ich sagte auch Kai zu ihm, nannte ihn nicht Beulersau. Die Schule interessierte ihn nicht sonderlich, der Bauernhof mit seinen großen Treckern, auf denen er mitfahren durfte, mehr.

Uwe, der jüngere Bruder von Kai, schlief oft bei uns. Dann lag er einfach vor meinem Bett auf dem Boden. Er fand mein altes Schafsfell so toll. Eines Morgens klingelte seine Mutter bei uns: „Kann es sein, dass der Uwe bei euch ist?"

Im Kneipenbetrieb ging es schon mal unter, ob alle Kinder schon zu Hause waren oder nicht. Es waren andere Zeiten, damals.

Im Sommer, wenn die Hitze schier unerträglich wurde, gingen wir in die Kneipe. Jutta verkaufte Eis. Die großen Eisbehälter, aus denen sie mit dem silbernen Kugelformer weiße, braune und rosafarbene Eiskugeln holte, durften wir, wenn sie fast leer geworden waren, mit auf die Straße nehmen. Und wie eine Horde Affen scharten sich die Kinder aus dem Dorf, jedes mit einem Löffel bewaffnet, auf dem Parkplatz gegenüber um diese Boxen. Und jeder versuchte, einen möglichst großen Anteil von den Eisresten zu bekommen.

Oft war ich bei den Jungs im Wohnbereich, kannte die Kneipe von innen, ging ein und aus. Wusste, wo die Styroporboxen standen, in denen Lebensmittel gekühlt angeliefert wurden. Kannte den Geruch. Udo bot eine magere Auswahl an Gerichten an. Pommes und Schnitzel oder Currywurst. Ach, das Jäger- und Zigeunerschnitzel gab es noch.

Wenn sich mein Vater auf Geschäftsreisen befand und ich abends im Bett lag, hörte ich manches Mal die Haustür klappern. Ich drückte mir die Nase am Fenster platt, Mama war weggegangen. Wohin? – Sicher nur eben über die Straße zu Udo und Jutta, um sich etwas von dem Bielsteiner Bier zu holen, das sie an diesen einsamen Abenden gerne trank. Aber oft dauerte es lange, bevor ich das Sicherheit ausstrahlende Klappern der Haustüre wieder vernahm und endlich einschlafen konnte, weil ich nun wusste, dass meine kleine Schwester und ich wieder behütet waren. Ich musste nicht mehr Wache halten.

Dann kam der Tag, an dem wir Dorfkinder erbost Hagebuttenfrüchte gegen die Fenster unserer Kneipe warfen. Mein Schulfreund Kai und sein Bruder Uwe wohnten nicht mehr dort. Der Vater hatte die Kneipe verkauft, konnte sie nicht mehr halten. Was auch immer das heißen mochte, verstand ich damals noch nicht.

Ich verstand nur: „Da gehen wir nun nicht mehr hin, das ist etwas Unanständiges geworden." Der Begriff ‚Rotlichtmilieu' tauchte in meinem Leben zum ersten Mal auf. Doch die Bedeutung konnte ich nur erahnen. Meine um ein Jahr ältere Cousine erzählte mir: „Die machen dort Sex für Geld. Und so reiche Säcke gehen in das Haus und machen das mit den Frauen."

Also, jetzt waren wir aber richtig sauer. Sex statt Eis? Das konnten wir so nicht auf uns sitzen lassen.

Na, die Hagebutten waren das Mindeste, wie wir unserem Ärger Luft machen konnten.

Die mit engen Lederhosen und freizügigen Oberteilen bekleideten Damen, die auch in der ehemaligen Pension der Kneipe wohnten, flanierten fortan durch unser Dorf. Führten klitzekleine nervöse Hunde aus oder fuhren auf Rollerskates Werbung für den „Puff". Den Begriff kannte ich zwischenzeitlich auch schon. Sie waren kaum älter als die Jugendlichen in unserem Dorf, sahen nur schon sehr viel erwachsener aus mit ihrer grellen Schminke und den wohlfrisierten Köpfen. Als ich dann wenige Jahre später mit meiner Freundin in den Sommerferien spätabends auf unserer breiten und neu geteerten Hauptstraße mit den Rollerskates Kreise zog, genossen wir den Sternenhimmel ohne Streulichter von Straßenlampen. Damals, mit Schlaghosen und Herrenhemden von Tchibo bekleidet, mussten wir so manchen Autofahrer mit auswärtigem Kennzeichen darüber belehren, dass wir nicht zu Haus Alpetal gehörten.

Wir waren Kinder aus dem Dorf.

Conny Heitmann

Der „Meckerarsch"

Wie wunderschön war sie, die große Wiese, direkt neben unserem Haus. Nur der Alpebach trennte mich von ihr. Und der Stacheldrahtzaun.

Im Sommer beherbergte sie manchmal die Ochsen des Bauern aus Dahl. Wir fragten uns nie, warum die Tiere aus dem Nachbarort bei uns standen, wo wir doch einen eigenen Bauernhof im Dorf hatten. Aber die stellten nie ihre Ochsen auf die Wiese.

Und dann gab es da die große alte Scheune. Windschief prangte sie inmitten des hochgewachsenen Grases. Und nur einmal traute ich mich hinein, als Bernd mich dazu überredete. Er war zwei Jahre älter als ich und gehörte zu der Familie, mit deren Kindern man nicht so gerne gesehen wurde. Mir war das egal. Einer der Torflügel war nicht verschlossen und wir kraxelten auf den Heuboden, spielten Tarzan und Jane in der jugendfreien Variante, waren wir doch erst elf und dreizehn. Später, als der Bauer keine Ochsen mehr auf die Wiese stellte, diente sie zum Heumachen. Wenn das Gras hoch stand und dabei bis zu achtzig Zentimeter maß, schlich ich mich oft durch den Stacheldraht, um mir irgendwo mittendrin ein Nest zu bauen. Dann war ich der größte Greifvogel, den die Erde je gesehen hatte, und aus dem hohen Gras konnte ich wunderbar einen Kreis flechten, der mein Heim bildete. Von der Straße aus konnte mich niemand sehen. Das war das Schönste daran.

Der Bauer war im Nachhinein sicher nicht begeistert.

Doch seit einigen Wochen war die Scheune verschwunden, Bagger und Baumaschinen ratterten unentwegt und LKW um LKW brachte Mutterboden. Ein Haus entstand. Ein großes Haus. Unserer Meinung nach passte es nicht hierher. Es war ein Mehrfamilienhaus und sollte von drei Parteien bewohnt werden, hörte ich beim Abendessen, als meine Eltern sich darüber unterhielten. Eine Familie aus Düsseldorf.

„Was wollen die mit dem ganzen Dreck?", fragte ich. Meine Eltern wussten es nicht. Von einem Schwimmbad war auch die Rede.

Vor dem Haus, direkt gegenüber dem ehemaligen Laden von Tante Sofie, lag ein wunderbarer Haufen Sand. So tollen Sand hatten wir noch nie gesehen. Er war nicht so fein wie der aus unseren Sandkisten. Es gab darin auch Steine, große und kleine, weiße, melierte mit Grau oder Braun.

Wir spielten darin. Mit unseren Matchbox-Autos bauten wir eine ganze Welt. Die Straßen verzierten wir am Rand mit den großen Kieselsteinen. Kai und ich und meine Schwester Nicole.

Wir vergruben sie und gruben sie wieder aus. Die Düsseldorfer waren selten da.

Doch als ich am nächsten Tag eins meiner vergessenen Autos wiederholen wollte, stand deren silberner Mercedes vor der Rohbau-Garage.

Schnell grub ich im Sand. Diese Menschen waren mir

unheimlich. Was wollten die hier? Warum blieben die nicht in der Stadt? Schon die Tatsache, dass die Mutter den erwachsenen Sohn Wolfgang und der Vater ihn Andreas nannte, machte mir diese Leute nicht sympathischer. Irgendwo musste mein roter Porsche doch zu finden sein.

Plötzlich stand er neben mir. Der Mann. Ich kniete in seinem Bausand, beide Hände darin vergraben, schaute ihn schüchtern an und sagte anständig: „Guten Tag." So, wie es mir beigebracht worden war.

„Guten Tag? Ich glaube, ich spinne, was machst du da in meinem Bausand? Du zertreibst ihn ja total. Jetzt mach aber, dass du da weg kommst! Und zwar schnell!"

Ich blieb hocken. Ich hatte meinen Porsche noch nicht wieder gefunden.

„Na? Brauchst du eine Extra-Einladung? Ich sagte: Verschwinde!"

„Mein Auto!", erwähnte ich zaghaft und zeigte auf den Sand, aber er lachte hämisch.

„Das ist kein Spielplatz hier, Kind! Wenn ich dich noch mal hier erwische, dann rufe ich die Polizei!"

Ich beschloss, dass ich mein Spielzeug besser zu einem anderen Zeitpunkt suchen sollte und suchte stattdessen das Weite.

Meine Mutter war erbost und stellte ihn zur Rede.

„Wie kann man einem Kind mit der Polizei drohen? So etwas gibt es hier bei uns nicht!" Er meckerte weiter. Ihn störte auch, dass wir immer auf dem Mutterboden spielten, den er hatte anschütten lassen. Aber unsere

Dreckberge waren die besten, die wir kannten. Was man da alles spielen konnte! Der würde sich wundern.

Wenn die Leute da waren, hielten wir uns fern. Spielen konnten wir genug in der Zeit, wenn sie nicht da waren.

Doch seinen Namen hatte der Mann für allezeit weg! Wir, und zwar Alt und Jung, nannten ihn nur noch den „Meckerarsch".

Heidi Binn

L 102

Der 15. November 1970 war ein Sonntag. Herbert
vollendete an diesem trüben Tag sein sechzigstes Le-
bensjahr. Verwandte und Freunde reisten an. Herberts
Frau hatte diverse Kuchen gebacken, Kartoffelsalat mit
Würstchen vorbereitet, Tomaten gefüllt. Käseigel,
Russische Eier und Mixed Pickles rundeten das kulina-
rische Angebot ab.
Punkt elf Uhr trudelten die Gäste ein. Es wurde ge-
raucht, getrunken, gegessen und gelacht. Am Nachmittag hatten sich etwa dreißig Besucher im Wohn- und
Esszimmer versammelt. Das Glanzlicht der Kaffeetafel
sollte eine Geburtstagstorte vom Café Schmalenberg,
dem renommiertesten Café der nahe gelegenen Kreis-
stadt Gummersbach sein. Eine Herrentorte mit einer
überdimensionalen 60 aus Marzipan war dort bestellt
worden.
Die jüngste Tochter des Jubilars, gerade achtzehn und
erst seit wenigen Wochen Inhaberin eines Führer-
scheins, bot sich an, die Torte abzuholen.
„Darf ich mit deinem Auto fahren, Papa?"
„Ungern, das Auto ist nagelneu und du hast noch so
wenig Fahrpraxis."
„Aber Papa, was soll denn passieren? Es ist Sonntag,
da ist nicht viel los auf den Straßen. Und die Strecke
kenn ich wie meine Westentasche, die fahr ich doch

jeden Tag zur Schule. Bitte, Papa."

„Na gut, meinetwegen. Aber versprich mir, dass du vorsichtig fährst. Die Kurven nach Niedersessmar sind nicht zu unterschätzen."

Die Kurven gehörten und gehören heute immer noch zur L102, die von dem kleinen Wiehler Bergdorf Alferzhagen zum Gummersbacher Ortsteil Niedersessmar im Aggertal führt. Im Sommer beliebt bei Motorradfahrern, im Winter gefürchtet bei Autofahrern. Im Spätherbst überrascht die ungeahnt weite Aussicht ins Aggertal. Die Gefahr von Bodenfrost und Glätte ist auf diesem bewaldeten Streckenabschnitt viel größer als auf der Sonnenseite im Dorf.

Voller Freude über das entgegengebrachte Vertrauen ihres Vaters setzte sich die junge Frau ans Steuer des Autos mit dem 150 PS starken Motor unter der Haube und fuhr los. Schon bei der sanftesten Berührung des Gaspedals beschleunigte der BMW rasant. Das kannte sie von ihrem Fiat 127 nicht, der brauchte wesentlich mehr Zeit, um auf Touren zu kommen. Auch war er viel kleiner und übersichtlicher.

Am Ortsausgang wurde sie mutiger. Sie fuhr etwas schneller, musste deshalb vor der ersten Kurve bremsen und trat heftiger zu als nötig, denn auch die Bremsen reagierten schneller als die ihrer alten Möhre.

Sie hatte keinen Blick für die Schönheit der Natur. Für die dicken Buchen, die hohen Tannen, die rechts und links den Straßenrand säumten. Sie konzentrierte sich auf das Fahren.

Am Ziel angekommen, parkte sie direkt vor dem Cafe, nahm die in einem bunten Pappkarton verpackte Torte in Empfang, verstaute sie im Kofferraum und trat den Heimweg an.

Mit der Torte an Bord musste sie noch umsichtiger fahren. Schließlich durfte dieses Konditorenkunstwerk nicht verrutschen und zu Schaden kommen.

Gut gelaunt steuerte sie den Wagen die sogenannte Aussicht hinunter, fuhr gleichmäßig mit Tempo 50 über die lange Gerade durch Niedersessmar, bog „Am Dreieck" links ab, nahm nach wenigen Metern die Abzweigung rechts und überquerte die Agger auf einer schmalen Brücke.

Da sah sie im Rückspiegel ein Auto, das dicht auffuhr. War sie zu langsam? Betrachtete der junge Mann am Steuer im Wagen hinter ihr sie als Hindernis? Zum Überholen war die Straße zu schmal und zu kurvenreich. Sie wurde nervös. Jetzt setzte er tatsächlich den Blinker.

Sie fuhr ganz rechts, kam fast zum Stehen und ließ ihn vorbei. Dann aber packte sie der Ehrgeiz.

„Wäre doch gelacht, wenn der mich abhängt, dieser Drängler."

Sie gab Gas, soviel Gas, dass sie schon in der zweiten Kurve hinter dem Ortsausgangsschild die Kontrolle über das Auto verlor. Das Auto geriet ins Schleudern, rutschte von der Straße, prallte mit der Beifahrerseite gegen den Stamm einer Buche und kam zum Stehen.

Die Buche steht heute noch an ihrem Platz.

Das Auto wurde repariert.

Die Fahranfängerin erlitt ein Halswirbelsäulentrauma.

Die Torte überlebte nicht.

Heidi Binn

Alle Jahre wieder ...

In den Sommermonaten zieht es sie täglich in ihre zweite Heimat. Beinahe jeden Morgen überwindet sie ihren inneren Schweinehund, steigt in ihr Auto und fährt los. Eigentlich könnte sie die Strecke auch mit dem Fahrrad zurücklegen. Das wäre umweltfreundlicher und noch eine Spur sportlicher, aber in ihrer oberbergischen Heimat ohne E-Bike zu anstrengend.

Nach wenigen Kilometern ist sie am Ziel. Sie stellt ihr Auto auf einem der noch kostenfreien Parkplätze ab, läuft ein paar Schritte bis zum knallgelb gestrichenen Eingang der von ihr so verehrten öffentlichen Einrichtung und wechselt im Gruppenumkleideraum für Damen ihre Kleidung. Anschließend hüpft sie draußen unter eine der eiskalten Duschen, um endlich schwimmend eine Distanz zurückzulegen, die etwa tausend Meter beträgt, mal mehr, mal weniger, abhängig von Lust und Laune und nicht zuletzt von der Witterung.

Ständig hat sie ein schlechtes Gewissen wegen ihres ungesunden Lebenswandels. Sie kocht und isst gerne, am liebsten zu viel. Zu viel Fett, zu viel Zucker, zu viel Alkohol, zu wenig Obst, zu wenig Gemüse.

Hier kann sie manches wieder gutmachen. Sie ist an der frischen Luft, bewegt ihre von Arthrose geplagten Gelenke. Sie weiß, wie wichtig Bewegung ist, in der

Jugend und im Alter. Das lernt heute jedes Kind bereits im Kindergarten.

Aber auch fitte Alte liegen voll im Trend.

Ehe sie ins Becken steigt, verschafft sie sich noch einen letzten Überblick, damit sie niemandem in die Quere kommt, sobald sie ins Wasser gleitet. Endlich beginnt der Genuss. Sie taucht ein, legt sich auf dem Rücken, wird getragen vom Wasser, fühlt sich schwerelos. Sie schaut in den Himmel. Beim Anblick der Flugzeuge in zehntausend Metern Höhe verspürt sie Fernweh.

Wunderbar entspannendes Rückenschwimmen!

Ein paar schnelle Brustschwimmzüge zwischendurch lassen das Herz schneller schlagen. Gut für die Kondition, schlecht für die Nackenmuskulatur. Da Tempo und Schwimmstil eine untergeordnete Rolle spielen, dreht sie sich nach fünfzig Metern wieder auf den Rücken.

Sie muss sich und den anderen nichts mehr beweisen.

Ihr Blick fällt auf das frische Grün der exakt geschnittenen Hainbuchenhecke, die den Beckenrand wie ein natürlicher Rahmen umschließt. Vor der Hecke laden frisch gestrichene Holzbänke und grün-weiße Sonnenschirme zum Verweilen ein. Dahinter lässt sich die bucklige Liegewiese nur teilweise blicken, aber dafür sind die alten Schatten spendenden Baumkronen nicht zu übersehen und die kleine Amsel ist auch nicht zu überhören.

Um sie herum schwimmen Gleichgesinnte, die meisten bereit für ein Schwätzchen. Trotz mancher Wehwehchen bewegen sich überwiegend ältere Semester mit künstlichen Gelenken gut gelaunt im wohltemperierten Wasser. Aqua-Joggerinnen strampeln vor sich hin, Kraul-, Brust- und Rückenschwimmer ziehen ihre Bahnen oder schwimmen im Kreis. Je nach Tageszeit wird quer, längs oder im Kreis geschwommen. Jeder findet seinen Platz. Er sollte sich aber der Mehrheit anpassen, sonst kann es Ärger geben.

Groß ist die Wiedersehensfreude nach siebenmonatiger Winterpause.

„Frohes Neues! Lass dich drücken. Schön dich zu sehen!" „Gut siehst du aus!" Nasse Umarmungen, Küsschen links, Küsschen rechts.

Der Mai ist gekommen. Endlich hat im Bierbrauerdorf Bielstein die Freibadsaison begonnen. Die Freude darüber ist bei Alt und Jung die gleiche wie zur Einweihung vor acht Jahrzehnten. Was für eine Wohlfühloase! Ort der Entschleunigung im hektischen Alltag.

Heidi Binn

Kleine bunte Kirche

konfirmiert wurd ich in dir
getraut wurd ich in dir

getauft und konfirmiert
wurd auch mein Kind in dir

zu Fuß kam ich zu dir
zu Weihnachten im Schneetreiben
zu Ostern im Sonnenschein

zu jeder Jahreszeit
bei jedem Wetter

jetzt bin ich alt
zehnmal so alt wie ich
bist du

sterb ich
wirst du mich überleben

aber
was wird aus dir
was glaubst denn du

Die Autorinnen und Autoren stellen sich vor:

Ulrich Bienert
Jahrgang 1956, Projektleiter. Schreibt Prosa über alltägliche Lebenssituationen. Weiteres Hobby: Kunstgestaltung.

Heidi Binn
Jahrgang 1950, 40 Jahre Schuldienst an Haupt- und Gesamtschulen, lebt in Wiehl. Schreibt Geschichten und Gedichte mit autobiographischem Schwerpunkt.

Monica Buchfeld
Jahrgang 1948, aktiv im Ruhestand. 18 Jahre lang Leiterin der SchreibWerkstatt Gummersbach.
Gedichtbände „zeilen sprung" und „trotz dem",
Sammelband „blatt werk",
Lyrikcassette „komm, lege deinen kopf", zahlreiche Veröffentlichungen in Zeitschriften und Anthologien.
Inge-Czernik-Förderpreis 2008 (2. Platz)

Petra Dehler
Jahrgang 1962, Unternehmerin (Haarkompetenz-Zentrum Gummersbach). Schreibt Kurzgeschichten, Krimis und Romane. Veröffentlichungen in Anthologien und von medizinischen Fach- und Pressetexten.

Conny Heitmann

Jahrgang 1966, lebt und arbeitet im Oberbergischen. Schreibt Kurzprosa und – meist unter dem Pseudonym Roberta C. Keil – Romane in den Genres Spannende Romantik, Krimi und Drama. Veröffentlichungen: Kurzprosatexte in Anthologien der Schreibwerkstatt unter ihrem bürgerlichen Namen. Als Roberta C. Keil „Käfig aus Angst" (E-Book bei Amazon), „Sommer des Zorns", und „Haily – Sommer der Entscheidung".
Homepage: robertackeil.wix.com/author-blog

Dorothee Hövel-Kleibrink

Jahrgang 1971, lebt in Köln. Veröffentlichungen in verschiedenen Literaturzeitschriften und Anthologien. Teilnahme an Literaturprojekten.
1. Preis im Wettbewerb *poems of good hope* von missio München et al. 2010/2011.
Lyrikband „Pfirsich und Graffiti – Gedichte und Aquarelle"
Homepage: www.kleibrinkundhoevel.de

Helga Sibylle Jeske

Jahrgang 1946, Hochschule für Musik und Theater Hannover. Hat 8 Jahre in Italien gelebt. In ihren Kurzgeschichten geht es hauptsächlich um die psychologische Aufarbeitung von Beziehungen jeglicher Art. Veröffentlichungen in verschiedenen Anthologien.

Uta Lösken
Jahrgang 1962, Freiberuflerin (Nachhilfe, Mediengestaltung), seit 2010 Leiterin der SchreibWerkstatt Gummersbach. Schreibt Lyrik, Kurzgeschichten und Reiseimpressionen. Bücher: „Ins Wolkenlicht geschrieben" (Lyrik), „Im Atem des Meeres" (Geschichten, Gedichte), „Kerzenquartett" (Erzählung), „Mitten aus der Nacht" (kriminelle Geschichten), „und dreht sich einfach weiter" (Limericks und andere Gereimtheiten). Beiträge in verschiedenen Anthologien. Homepage: www.loeskenweb.de

Karin Nagelschmidt
Jahrgang 1957. Aufgewachsen in Köln, lebt und arbeitet in Gummersbach, schreibt überwiegend Prosa.

Andrea Niehr
Jahrgang 1964, Schulleiterin, lebt in Waldbröl. Schreibt Lyrik und Prosa. Veröffentlichungen: „Fenster zum Ich" (Lyrik), Lyrik und Kurzgeschichten in verschiedenen Anthologien.
Homepage: www.ecribani.de

Christine Scharlipp
Jahrgang 1964, Altenpflegerin. Am Bodensee aufgewachsen und seit 1999 in Gummersbach zuhause. Schreibt Lyrik.

Uwe Vitz
Jahrgang 1966, Angestellter im öffentlichen Dienst.
Betreiber des Internetprojektes „Würfelwelt" (wur-
felwelt.webnode.com). Veröffentlichungen in
Anthologien der SchreibWerkstatt Gummersbach.
Rezensionen im Internetprojekt „Flash" und in
„Magira".

Stephanie Werner
Jahrgang 1973, tätig im Bereich Finanzbuchhaltung.
Schreibt Kurzkrimis, Reiseberichte, heitere Kurzgeschichten. Beiträge in Anthologien, Bücher: „Zer-
brochenes Eis" und „Eiskalte Seele" (Kriminal-
romane), „Gletscher, Eis und wilde Tiere" (Reiseer-
zählungen), „Frohe Weihnachten" und „Frohe
Weihnachten 2" (Weihnachtsgeschichten)

Ein Blick in die SchreibWerkstatt

Die SchreibWerkstatt Gummersbach gibt es seit mehr als fünfunddreißig Jahren als Treffpunkt für Autorinnen und Autoren.

Alle 14 Tage treffen sich die Mitglieder, um gemeinsam an ihren Texten zu arbeiten. Die Bandbreite reicht von Lyrik über Kurzgeschichten bis hin zu Romanprojekten.
Wer einen Text vorstellt, erwartet respektvolle und konstruktive Kritik. Ziel ist, das Bestmögliche herauszuholen, wobei die Individualität der Geschichten und Gedichte, die spezielle Sprache der einzelnen Autorinnen und Autoren erhalten bleiben.

Leseabende mit Musikbegleitung und verschiedene Anthologieprojekte geben Einblicke in das vielseitige Schaffen der Autorinnen und Autoren.

Im Internet präsentiert sich die SchreibWerkstatt Gummersbach auf www.schreibwerkstatt-gm.de

Ansprechpartnerin für weitere Informationen ist Uta Lösken (Tel.: 02265 706 7706)

Dank

Die Autorinnen und Autoren bedanken sich bei allen,
die das langjährige Bestehen der SchreibWerkstatt
Gummersbach unterstützt haben und auch weiter unterstützen.
Dazu gehören die Stadt Gummersbach und das Veran-
staltungszentrum Halle 32, die uns in ihren Räumen
beherbergen.

Unser Dank gilt beson-
ders dem Verein zur
Förderung der Kultur in
Gummersbach e.V.,
der durch finanzielle Unterstützung dieses Buchprojekt
und die Präsentation im Rahmen eines Leseabends
gefördert hat.

Inhalt

Wiehl und Umgebung

Ebenfalls aus der SchreibWerkstatt Gummersbach:

HeimatMosaik
Geschichten und Gedichte

Heimat – ein Wort, in dem vieles mitschwingt. Geburtsort und Zuhause, Ursprung und Wurzeln. Heimatgefühle, Verbundenheit und Zugehörigkeit. Erinnerungen verbinden uns mit unserer Heimat, machen Heimatlosigkeit so schmerzhaft.

Zwölf Autorinnen und zwei Autoren setzen sich mit diesem Thema auseinander und nähern sich ihm von allen Seiten. Ihre unterschiedlichen Hintergründe und Schreiberfahrungen führen zu ganz verschiedenen Antworten auf die Frage

Was ist Heimat für dich?

Taschenbuch, 180 Seiten, 9,90 €
Books on Demand, Norderstedt 2017
ISBN 9-783743-194663

Blickwinkel
Geschichten und Gedichte

Begegnungen, Beziehungen, Konfrontation. Menschen treffen auf einander, auf fremde Kulturen, auf unbekannte Situationen, auf sich selber. Und immer bringen sie dabei ihren persönlichen Blickwinkel mit.

In ihren Geschichten und Gedichten beschäftigen sich neun Autorinnen und ein Autor mit diesem Blick auf die Welt aus ganz unterschiedlichen Perspektiven.

Taschenbuch, 180 Seiten, 9,90 €
Books on Demand, Norderstedt 2013
ISBN 9-783732-283385

sage und schreibe
Anthologie zum 30jährigen Bestehen

In Worte fassen, was bewegt, festhalten, was als bloßer Gedanke flüchtig wäre – Bedürfnis jeder Schriftstellerin, jedes Schriftstellers.
Sprachbilder malen, erzählen, mitteilen.

Mit diesem Buch geben die zwölf AutorInnen Einblicke in ihre literarische Arbeit und in die Arbeit der Schreib-Werkstatt Gummersbach.

So unterschiedlich wie die Lebensalter sind auch die Themen und die individuellen Stile.

Schauen Sie in die Schreibstuben der AutorInnen, die sich in der SchreibWerkstatt Gummersbach regelmäßig treffen -
und das sage und schreibe seit dreißig Jahren.

Taschenbuch, 180 Seiten, 9,90 €
Books on Demand, Norderstedt 2010
ISBN 9-783839-161371

Jahrhunderte Leben
Geschichten aus der Geschichte

Da sind Katrin, der die Verfolgung als Hexe droht und Jonas, der gegen den Willen der Kirche das Vogelschießen wieder aufleben lassen möchte. Oder Anna und Marthe, die in der napoleonischen Kriegszeit um ihren Mann und Sohn bangen. Da sind Frauen und Männer, die ihren Teil von 900 Jahren Geschichte in und um Gummersbach erlebt haben und heute noch erleben. Von diesen Menschen erzählen die Geschichten der AutorInnen aus der SchreibWerkstatt.

Kein Geschichtsbuch, sondern ein Geschichten-Buch, das einen spannenden Querschnitt bietet durch
Jahrhunderte Leben

Taschenbuch, 148 Seiten, 9,90 €
Books on Demand, Norderstedt 2009
ISBN 9-783837-035285